스켈레톤 마스터

WISHBOOKS GAME FANTASY STORY

더페이서 게임 판타지 장편소설

스켈레톤 마스터 13

더페이서 게임 판타지 장편소설

초판 1쇄 찍은 날 | 2019년 6월 17일
초판 1쇄 펴낸 날 | 2019년 6월 24일

지은이 | 더페이서
펴낸이 | 예경원

기획 | 위시북스
편집책임 | 이규재
편집 | 위시북스

펴낸곳 | 예원북스
등록번호 | 제396-2012-000132호
등록일자 | 2012. 7. 25
KFN | 제1-428호

주소 | 경기도 고양시 일산동구 호수로 646-24 위너스21 II빌딩 206A호 (우)10401
전화 | 031-819-9431 팩스 | 031-817-9432
E-mail | yewonbooks@naver.com

ISBN 979-11-6424-337-2 04810
      979-11-89348-43-4 (set)

스켈레톤 마스터 13

WISHBOOKS GAME FANTASY STORY

더페이서 게임 판타지 장편소설

Wish Books

스켈레톤 마스터

⋯ CONTENTS ⋯

제1장
결전

파라독스 길드장, 테이큰이 팔짱을 꼈다.

"읊어봐."

"예! 퍼스트 길드가 설립된 곳은 칼럼 마을이었습니다."

"칼럼 마을? 무혁이 있는 곳이잖아?"

"맞습니다."

"뭔가 찝찝하더라니."

"빽도어 님이 문자를 보내봤는데 그놈들 실력도 상당했다고 합니다. 유저로 따져도 평균 140레벨은 되어 보인다고 합니다. 아, 그리고 문제가 하나 있습니다."

"문제?"

"예, 기존 길드원에게 연락이 왔는데 포박당했다고 합니다. 아무래도 그 정체불명의 인물들이 헤밀 제국에서 보낸 정예병일 가능성이 높습니다."

"큭, 정예병을 길드에 가입시켰다 이거지?"

테이큰이 재밌다는 듯 웃으며 간부들에게 말했다.

"참 묘한 방법이네. 용병도 아니고 제국 정예병을 길드에 가입시켰다? 자, 그럼 우린 이제 어떻게 해야 할까?"

그에 한 사람이 입을 열었다.

"그냥 길드원 전부 소집해서 그 새끼들 쓸어버리죠?"

"칼럼 마을을?"

"예, 그게 제일 쉽지 않을까요?"

"그럼 칼럼 마을에 있는 그 정예병은?"

"같이 쓸어야죠."

테이큰이 어이없다는 표정을 지었다.

"헤밀 제국 그 새끼들을 다 죽여 버리면 어떻게 나올 거라고 생각하는 거야, 병신아! 그 새끼 뒤에 있는 놈이 무려 공작이야, 공작이라고! 너 이 새끼, 감당할 수 있어? 어?"

"아, 그게…….."

"하, 어떻게 저런 멍청한 새끼들밖에 없는 건지."

"죄, 죄송합니다."

"됐고. 다른 의견!"

한 사내가 조심스럽게 헛기침을 했다.

"크, 크흠. 저희도 헤밀 제국에 줄이 있지 않습니까?"

"있지."

"그럼 그 백작한테 부탁하는 겁니다. 우리도 정예병 좀 빌려 달라고요."

테이큰의 반응은 전과 큰 차이가 없었다.

"미치겠네, 진짜. 야, 우리야 게임이지만 그 새끼들 입장도 생각을 해야 될 거 아냐!"

"예?"

"이해가 안 되냐? 정예병을 빌렸다고 치자. 그래서 다음은 뭐 어쩔 건데? 칼럼 마을인지 퍼스트 길드인지, 그놈들이랑 싸워서 다 죽이자고? 그럼 힘들게 연줄 만든 그 백작 새끼가 우리 도울 거 같아? 지금 당장만 보는 게 아니라 앞을 좀 보자, 앞을. 미래를 보자고!"

의견을 구한 것 자체가 잘못이었다. 그냥 혼자 생각하는 게 더 나을 것 같았다.

"하, 빌어먹을. 됐고. 다들 입 다물고 있어라."

이내 눈을 감고 생각에 잠겼다.

찝찝해, 찝찝하다고.

사실 가장 좋은 건 길드전을 통해 놈들을 박살 내버리는 것이다. 그러면 제국 정예병을 죽인 죄가 파라독스가 아니라 무혁에게 집중될 것이다. 왜냐고? 길드전을 신청한 것이 바로 무혁일 테니까. 그런데 과연 그 사실을 무혁이라고 몰랐을까? 분명 알고 있을 거야.

그러면 왜? 이번 길드전에서 승리할 거라 확신하고 있다는 건가? 도대체 무엇을 근거로?

놈들에 대해 아는 게 없으니 불안했다.

"미치겠군, 진짜."

답답함이 솟구친다. 하지만 길드전은 확정된 상태였다. 다른 길은 보이지 않았다. 몇 번을 고민해도 마찬가지였다.

"……."

잠시 후, 테이큰이 눈을 번쩍 떴다. 더 이상의 고민은 사치였다. 그래, 해보자고.

"이기면 되는 거야, 이기면."

곧바로 회의실에 참여한 간부들에게 지시를 내렸다.

"레벨 120 이상 용병들, 모레 길드전 치르기 전까지 최대한으로 고용해. 참여금 10골드. 상대편 한 명 죽일 때마다 10골드 추가."

"예, 알겠습니다!"

"하나 더. 길드전 할 때 한 명도 빠지지 말라고 해라. 접속안 한 새끼한테는 척살령 떨어진다는 것도 전달하고."

이번 사건을 통해 다시 한번 보여줄 것이다. 파라독스 길드가 얼마나 악독한지를.

◉

저녁이 되어 다시 감옥으로 향한 무혁은 숭고한 전투 주문서를 사용해 접속한 이들의 로그아웃을 막았다.

"크큭."

참으려고 했지만 힘들었다. 자꾸 웃음이 터져 나왔다. 접속한 녀석들이 최소 120명. 이미 스탯 12개를 확보한 것과 다름이 없으니 어찌 즐겁지 않을 수 있을까.

"웃음이 좀 사악하다?"

함께 따라온 성민우의 말에도 미소를 지우지 않았다. 그 정도로 즐거웠으니까.

"참, 이번에는 단검 안 빌려줘도 돼. 그냥 구경이나 하려고 온 거니까."

"그래?"

"어, 그냥 보기만 해도 스트레스가 풀리더라고."

"하긴. 나도 풀리더라."

그에 상황을 아직 파악하지 못한 일부 파라독스 길드원이 쌍욕을 내뱉었다.

"저 미친 새끼들이 뭐라고 지껄이는 거야?"

"헛짓 그만하고 이거나 풀어!"

무혁은 이제 나서야 할 때가 왔음을 직감했다.

"자, 시작합니다."

유저들에게 단검을 꺼내며 다가가 빠르게 죽이기 시작했다. 한 명, 두 명, 세 명……. 죽일 때마다 수를 헤아렸다.

"미, 미친……."

"124명."

마지막 유저를 죽인 무혁이 입을 열었다.

힘 : 173 / 민첩 : 135 / 체력 : 148

지식 : 88 / 지혜 127

스탯 상승에 따른 기쁨을 만끽하며 감옥을 나섰다.

"그놈들 절대로 접속 안 한다고 고함을 내지르던데. 막상 내일 되면 또 접속하겠지?"

"아마도?"

"크, 부럽다. 스탯 더 올릴 수 있겠네."

"뭐, 오늘보다는 적겠지만 조금 정도야 더 올리겠지? 단검 좀 빌려주랴?"

"됐다, 내 아이템도 아닌데 괜히 나중에 욕심만 생길라."

성민우의 이런 점은 본받아도 좋으리라.

"그래? 싫으면 말고."

"크, 크흠……."

물론 뒤늦게 아쉬워한다는 단점이 있지만. 피식, 웃으며 생각에 잠겼다.

강화가 꽤 밀렸어. 아, 스켈레톤도 보내야지.

오늘은 밤을 새워야 할지도 몰랐다. 생각난 김에 소환수를 불러 마계로 보냈다.

['아머나이트1'이 역소환됩니다.]

['자이언트 외눈박이'가 역소환…….]

무혁의 미간이 찌푸려졌다.

또 이러네.

최근 며칠간 소환수를 마계로 보내면 1분도 되지 않아 전원이 죽어버렸다. F11 지역에 문제라도 생긴 걸까. 설혹 문제가 발생했더라도 해결법이 없으니 깊게 고민할 수는 없는 일이었다. 좀 지나면 괜찮아지겠거니, 여길 뿐.

　생각에 빠진 사이 예린이 기다리고 있는 장소에 도착했다.

　"왔어, 오빠?"

　"응. 근데 도란은 아직도 수련 중이야?"

　"완전 열심히 하던데? 오빠 없을 때도 안 쉬었어."

　"그래?"

　무혁은 잠시 도란을 바라보다 자리에 앉았다.

　"참, 나 오늘은 늦게까지 있을 거야. 먼저들 나가봐."

　"새벽까지 강화하려구?"

　"응, 길드전이 이틀 뒤니까."

　"으응, 알겠어."

　"음, 그럼 나 먼저 가야겠다. 오늘은 좀 피곤하네."

　"그래, 쉬어라."

　성민우가 인사를 한 후 로그아웃했다.

　얼마 지나지 않아 예린도 피곤한 기색을 드러냈다.

　"오빠, 나두 그만 나가볼게. 잠이 와서."

　"그래? 씻고 푹 쉬어."

　"응! 내일 봐!"

　홀로 남은 무혁은 다시 정신을 가다듬고 망치를 휘둘렀다. 그러다 집중력이 깨어져 고개를 슬쩍 들었는데 도란이 아직도 거칠게 수련하고 있었다.

무리하는 거 아닌가?

유저들이야 어차피 게임이고 시스템이 보호를 해주니 상관이 없다지만, NPC들은 그런 보호가 없으니 충분히 혹사하고 있다고 판단해도 되리라.

잠시 고민하던 무혁이 몸을 일으키며 그를 불렀다.

"도란."

듣지 못했는지 반응이 없었다.

천천히 다가가자 거친 호흡 소리가 들려왔다.

"허억, 허억⋯⋯."

그럼에도 몸을 움직이며 화살을 날리는 도란의 모습에 무혁이 미간을 찌푸렸다.

"도란!"

그제야 무혁의 목소리를 들었는지 고개를 돌리는 그.

"주군⋯⋯?"

"너무 지쳐 보이는데?"

"괘, 괜찮습니다."

"전혀 안 괜찮아 보이잖아."

"하지만⋯⋯."

왜 저러지?

뭔가 분해 보이는 표정. 무혁은 가만히 기다렸다.

입을 열 듯, 말 듯 망설이던 도란이 고개를 숙였다.

"너무⋯⋯ 화가 납니다."

"화가 나다니?"

"주군은 제가 모시는 유일한 분입니다. 그런데 주변에 있는 그 누구보다도 제가 약하다는 사실에 화가 납니다. 더 빨리 누구보다도 강해지고 싶습니다. 그러기 위해선 조금이라도 더 많이 움직여야만 합니다."

저런 생각을 하고 있을 줄이야. 이런 경험이 별로 없는 무혁은 순간 당황해 버렸다.

"어, 그래?"

"예."

그러다 도란의 생각보다 냉정한 눈빛에 정신을 차렸다. 의지를 꺾을 수 없다는 생각이 문득 든 것이다.

"그래, 더 강해져야지."

"실망시키지 않겠습니다."

하지만 분명한 사실은 도란은 유저가 아니라는 거다. 이곳의 주민, NPC. 그렇기에 고된 훈련은 체력을 갉아먹는다. 지치게 마련인 것이다. 지친 상태에서의 훈련은 긍정적인 영향보다는 부정적인 영향이 더 클 것이다.

"그래도 체력은 신경 써라."

"예?"

"훈련하다가 쓰러지면 내가 더 창피하니까."

"아……!"

그에 도란이 다급히 고개를 끄덕였다.

"알겠습니다, 주군! 절대 그런 일이 벌어지지 않도록 하겠습니다!"

"꼭이다."

"예, 주군!"

무혁은 고개를 끄덕인 후 자리로 돌아갔다. 그리고 털썩 바닥에 앉아서 도란을 지켜봤다.

으음, 결국 안 쉬는 건가?

다시금 움직이는 도란을 보며 설득이 실패했다고 여겼다. 그런데 얼마 지나지 않아 훈련을 멈추고 휴식을 취하기 시작하는 도란을 보며 무혁은 살며시 미소를 지었다. 아무래도 방금 전의 말이 효과가 있었던 모양이었다.

다행이야.

어색하지만 이렇게 관계를 맺어가는 것이리라.

자, 나도 시작해 볼까.

카앙!

도란에 대한 걱정을 멈춘 후, 아이템을 바닥에 내려놓고 망치를 강하게 휘둘렀다.

"후아, 끝났다."

현실 시간으로 새벽 5시 정도가 되었을 즈음. 드디어 1차 목표가 마무리되었다.

"소환."

스켈레톤을 전부 소환하여 아머나이트1에게 다가갔다. 녀석의 손에 6강 무기와 방패를 들려주자 마음이 뿌듯해졌다.

"앞으로 더 고생해라."

아머나이트1의 어깨를 툭툭 건드려 줬다.

"자, 다음."

이후 아머나이트2에게로 향했다.

"너는 인마, 좀 더 나대고."

6강 무기와 방패였다. 강화 레벨이 오르면서 6강까지는 이제 어렵지 않게 성공할 수 있게 되었다. 칭호 덕분에 5레벨로 적용되는 만큼 성공확률 역시 상당히 높아진 것이다.

"다음, 너는 좀 적당히 나대고."

아머나이트3가 탁, 타닥 소리를 내며 턱을 부딪쳤다. 마치 대답하는 모양새였다.

"그래, 알겠다는 거지?"

웃으며 무기와 방패를 건네다가 문득 멈칫했다.

어어……?

아무래도 밤을 새우다 보니 정신이 살짝 나간 모양이었다. 스켈레톤을 불러내 혼잣말을 하다니, 다른 사람이 봤으면 아마 미쳤다고 손가락질을 했으리라.

"크흠."

헛기침을 하며 입을 다물고 무구를 나눠줬다. 물론 아머 스켈레톤으로 진화한 녀석들에 한해서였다. 검뼈나 활뼈와 같은 일반 스켈레톤은 나중에 좀 더 여유가 있을 때 바꿔주기로 했다. 무구를 전부 나눠준 무혁이 흡족한 표정을 지었다가 이내 미소를 지운다.

길드원이 사용할 무구도 어서 강화해야겠어.

"마계 이동."

서둘러 소환수를 마계로 보낸 후 강화 작업을 시작했다.

카앙, 캉!

망치를 몇 번 휘두르는데, 문득 의아함이 들었다.

['검뼈5'가 역소환…….]

['활뼈3'이…….]

메시지를 되짚으며 읽었다.

오호?

진화하지 않은 스켈레톤은 대부분이 죽어버렸지만, 강화 스켈레톤은 꽤 많은 숫자가 아직도 마계에 남아 있었다. 전에는 동시에 모두 녹아버렸는데 이번에는 달랐다. 물론, 그럼에도 불구하고 소환수 경험치가 단 한 번도 오르지 않고 있다는 사실에 미간이 찌푸려지긴 했지만 말이다.

북쪽을 관리하는 마왕이 중얼거리다 턱을 지그시 괴었다.

"또 느껴지는군. 기척이 사라졌다, 나타났다 하는 이유는 모르겠지만……. 이젠 거슬리는구나."

그 말에 자리를 지키고 있던 서큐버스의 눈이 차가워졌다. 곧이어 조심스럽게 자리를 빠져나간 그녀가 부하를 부르자, 최하급 마족이 나타나 무릎을 꿇었다.

"부르셨습니까."

"알아볼 게 있어. 지금 F11 지역에서 느껴지는 낯선 기운이 무엇인지 확인하고 와라."

"알겠습니다."

대답과 함께 최하급 마족이 사라졌다가 나타난 곳은 상당히 먼 곳이었다. 휘잉- 하고 바람처럼 흩어지더니 한참이나 떨어진 곳에 다시 나타났다.

F11 지역이라.

그 순간 최하급 마족, 칼란서버가 표정을 일그러뜨렸다.

귀찮군, 이따위 잡일이나 시키다니.

하지만 마왕을 보좌하는 년이라 명을 따르지 않을 수가 없었다. 언제고 상급, 아니, 중급 마족까지 올라선다면 그년을 발아래로 깔아뭉개 버리리라. 혼자만의 계획을 세우며 비릿하게 웃는 사이 F9 지역에 도착했다.

거의 다 왔군.

확실히 처음 느껴본 종류의 힘이 한곳에 뭉쳐 있었다. 그래봐야 벌레 수준이었지만. 아니, 벌레보다는 조금 나은가?

"크큭."

F10 지역의 중간을 가로질렀을 즈음, 낯선 종류의 힘을 가진

녀석들이 눈에 들어왔다. 아직은 거리가 있어서 정확하진 않았지만 새하얀 갑옷에 검과 방패를 지닌 이들이 선두에 위치한 것 같았다. 자세히 보니 한 놈은 더럽게 큰 데다가, 수도 꽤 되었다.

후웅.

다시 한번 바람처럼 흩어진 칼란서버가 낯선 녀석들의 지척에서 모습을 드러냈다.

"뭐야, 이건?"

그리고 놈들의 정체가 스켈레톤임을 깨닫곤 피식하고 웃어 버렸다.

마물이었잖아?

물론 생김새라든가, 느껴지는 기운이 조금 특이하긴 했지만, 스켈레톤 마물이야 이곳에도 차고 넘쳤다. 녀석들의 정체를 확인했으니 임무는 완료했고 그냥 돌아가자니 여기까지 온 스트레스를 풀 길이 없었다.

"너희라도 죽여야겠다."

죽이지 말란 명령은 없었으니까.

칼란서버가 웃으며 손을 휘젓자 넓은 범위에 콰앙! 소리와 함께 폭발이 발생하고 먼지가 솟구쳤다. 한 번 더 손을 휘저어 바람을 일으키자 솟구치던 먼지가 사라졌다. 남은 스켈레톤은 가장 덩치가 큰 한 마리뿐이었다.

오호, 버텼어?

콰과광!

다시 한번 손을 휘젓자 덩치 큰 스켈레톤마저 부서졌다.

"아, 약하다, 약해."

홀로 중얼거리며 북쪽 마왕의 본거지로 돌아갔다. 그 낯선 기운의 정체는 스켈레톤이었고 깔끔하게 처리했다는 보고를 올린 후 잠깐 쉬고 있는데 보좌관이 다시금 그를 불렀다.

뭐냐고, 진짜……!

솟구치는 짜증을 참으며 모습을 드러냈다.

"부르셨습니까."

"스켈레톤이라고 했었나?"

"예."

"죽였다고 했지?"

"맞습니다."

"그런데 왜 또 기척이 느껴지는 거지? 미약하지만 전보다 기운이 조금 더 강해지기까지 했군."

"예……?"

"그 마물 새끼들 기척이 또 느껴진다고!"

"분명히 죽였습니다."

"그럼 다시 죽이고 와, 알겠어?"

칼란서버가 입술을 깨물었다.

"하나만 물어봐도 되겠습니까."

"뭐지?"

"왜 그렇게 그런 하급 마물에 신경을 쓰시는지……."

"그분께서 거슬린다고 하셨다. 다른 이유가 필요한가?"

그분을 언급한 이상 절대적인 복종만이 있을 뿐.

"아, 아닙니다!"

"이번에는 깔끔하게 처리하도록. 알겠어?"

"예!"

대답과 함께 칼란서버가 사라졌다. 거리이동을 반복한 덕분에 마물, 스켈레톤 무리와 금세 가까워졌다.

"하……"

정말로 전과 같은 녀석들이었다. 큰 놈 한 마리. 새하얀 갑옷 같은 두꺼운 뼈다귀에 무구. 어떻게 된 거지? 고민을 해도 답은 나오지 않았다.

아예 가루로 만들어야겠어.

이내 손을 연이어 휘저으며 스켈레톤을 부서뜨렸다.

콰과과광!

손짓을 멈추지 않았다. 부수고, 또 부쉈다. 정말로 스켈레톤 무리를 완전한 가루로 만들어 버린 것이다. 이젠 정말로 끝났다고 여기고 본거지로 돌아갔다. 그런데 또다시 부름을 받게 되었다. 그것도 전과 같은 이유로 말이다.

"지금, 명령에 불복하는 건가?"

칼란서버가 고개를 조아렸다.

"그럴 리가 있겠습니까?"

"그런데 왜 놈들을 제대로 처리하지 않는 거야!"

"완전히 가루로 만들어 버렸습니다."

"거짓말만 입에 담고 사는구나, 한심한 새끼."

진실을 말했음에도 거짓으로 매도당했다. 칼란서버는 속이 부글부글 끓었지만 아직은 감히 마왕의 보좌관에게 반항할 수 없었다.

"에스칼론!"

그때 서큐버스가 다른 최하급 마족을 불렀다.

"예!"

"칼란서버가 일을 똑바로 처리하는지 확인하고 보고해라."

"알겠습니다."

"칼란서버."

"예……."

"마족의 명예를 실추시키지 마라."

"크윽, 알겠습니다."

칼란서버와 에스칼론이 함께 움직였다.

"저기 있군. 저런 하급 마물조차 제대로 처리하지 못하다니. 쯧."

"닥치고 구경이나 해라."

"어차피 그럴 생각이었다."

칼란서버의 몸에서 광포한 기운이 뿜어졌다. 그것은 하늘로 솟구치더니 공산 사체를 집어삼킬 것처럼 내리꽂혔다.

쿠우웅.

굉음에 세상이 숨을 죽였다. 이윽고 참상이 드러났다.

"허억, 허억……."

"호오, 제대로 마음을 먹은 모양이야?"

"후우, 확인이나 하지?"

에스칼론이 어깨를 으쓱이며 먼지를 날려 버렸다.

남은 흔적이 있을 리 없었다.

"깔끔하군. 돌아간다."

"분명히 확인한 거다?"

"물론."

하지만 이번에도 칼란서버는 꾸중을 들었다. 에스칼론과 함께.

"또 느껴진단 말이다!"

"……."

"되었다, 이번엔 내가 직접 간다."

결국 서큐버스가 나섰다.

"저기 있구나."

스켈레톤을 찾아 죽였지만 몇 시간 뒤, 다시 나타났다. 미미하지만 더 강해진 상태로 말이다. 그제야 깨달았다. 놈들은 죽여도 죽지 않으며 시간이 흐를수록 강해진다는 사실을. 그것이 마왕이 거슬린다고 언급한 진짜 이유임을 말이다.

"방법은 하나다. 칼란서버."

"예."

"넌 F11 지역에서 한동안 지내도록."

"예……?"

"나타날 때마다 죽여라. 아무것도 하지 못하게! 알겠어?"

"아, 알겠습니다……."

F11 지역으로 이동한 칼란서버는 그 넓은 지역을 수시로 돌아다니며 스켈레톤이 나타날 때마다 놈들을 처리하기 시작했다. 수십 번이 넘도록 죽였지만, 여전히 놈들은 수시로 나타나고 있었다.

　"하아, 도대체 내가 왜 이딴 임무를……!"

　칼란서버는 짜증을 내며 구석에서 휴식을 취했다.

　잠시 후, 6강짜리 무기와 방패를 손에 쥔 스켈레톤이 다시 마계에 모습을 드러냈다.

　-없군.

　-맞다. 그 녀석, 없다.

　-그보다, 들었겠지?

　미친 괴물 녀석이 없음을 확인한 아머나이트1이 뒤를 쳐다봤다. 시선이 아머나이트2에게 꽂힌 채였다.

　-너, 좀 더 나대라고 하셨다, 주인님께서.

　그에 아머나이트2가 의기소침해진 듯 어깨를 늘어뜨렸다.

　-아, 알겠다…….

　다음으로 아머나이트3을 쳐다봤다.

　-너도 들었으리라 생각한다.

　-뭐를 말인가.

　-적당히 나대라고 하셨다, 주인님께서.

-그, 그렇게 하겠다.

아머나이트3 역시 아머나이트2와 마찬가지로 의기소침해졌다. 물론 둘의 반응이 어떻든 신경 쓸 아머나이트1이 아니었기에, 자기 할 말만 끝내고 정면을 쳐다봤다.

-출발한다, 놈에게 들키기 전에.

-알겠다.

하지만 얼마 가지 않아 칼란서버가 앞을 막았다.

"하, 또 생겼네."

곧바로 강한 기운이 서린 팔을 휘둘렀다.

-방어!

선두에 있던 아머나이트들이 방패를 앞으로 내밀었다.

콰과과광!

본래라면 이번 공격으로 녹아버렸을 테지만, 이번에는 달랐다. 방패를 6강까지 강화한 덕분에 칼란서버의 공격에서 살아남을 수 있었다.

-드디어, 막아냈다.

-이젠, 우리가 공격할 차례다.

아직 먼지가 흩날리지 않은 상태다. 놈은 방금 전의 공격으로 상황이 종료되었으리라 여기고 방심하고 있을 터. 즉, 지금이 바로 놈에게 피해를 입힐 절호의 기회라는 소리였다. 아처와 메이지 전원이 스스로가 지닌 스킬을 발동시켰다.

-아이스 피스트.

-파워샷.

-윈드 스톰.

각종 마법과 화살이 먼지를 꿰뚫고 나아갔다.

"어⋯⋯?"

지척에서 잠시 딴생각에 잠겨 있던 칼란서버는 그 공격에 미처 대응하지 못하고 고스란히 적중당하고 말았다.

콰과과광!

직후 이어지는 부르탄의 기파. 달려드는 기마병들의 공격.

-가속 찌르기!

-강한 일격!

자이언트 외눈박이와 아머나이트들의 돌진까지. 단번에 모든 공격을 퍼부었다. 최하급 귀족, 칼란서버가 공격했을 때보다 더 거대한 후폭풍이 몰아닥쳤다. 그 순간에도 아머아처와 활뼈가 날리는 뼈 화살은 여전히 허공을 가득 채웠다. 쉴 새 없는 공격, 그 와중에 아머나이트만이 뒤로 물러나며 방패를 들어 올렸다. 혹시 모를 공격에 대비하기 위함이었다.

후우웅.

이윽고 후폭풍이 멎고 먼지가 흩날린다.

"킥, 키킥⋯⋯."

처참한 몰골의 칼란서버가 모습을 드러냈다. 스스로도 어이가 없었다. 하급 마물에게 공격당해 목숨을 잃을 뻔했으니까. 자조적인 미소로 스스로를 채찍질한 칼란서버가 차갑게 굳은 얼굴로 분노를 발산했다.

"마물 새끼들이, 감히⋯⋯!"

그의 전신에서 광포한 기운이 다시 발산되려는 순간.

쿠웅!

자이언트 외눈박이가 지면을 찼다. 기파가 퍼지면서 칼란서버의 균형을 일그러뜨렸다. 방패를 들고 상황을 주시하던 아머나이트1이 앞으로 나아갔다.

-포위한다.

칼란서버의 상태가 썩 좋아 보이지 않았다. 아머메이지의 마법과 아머아처의 파워샷이 다시 한번 박힌다면 놈을 쓰러뜨릴 수도 있을 것 같았다. 그래서 스킬을 다시 사용할 수 있는 순간까지 놈을 포위하여 시간을 끌기로 결정한 것이다. 아머나이트1의 지휘에 다들 일사불란하게 움직였다.

-최대한 버텨라.

-알겠다.

그 순간 균형을 찾은 칼란서버가 손을 휘저었다.

콰아아아앙!

폭발에 아머나이트들이 흔들렸다. 하지만 겹겹이 포위한 상태라 쉽게 밀리지 않았다. 6강에 이른 방패의 효과도 컸고 무혁이 단검으로 스탯을 상당히 올리면서 그 영향을 받은 덕분이기도 했다.

"이, 이 마물 새끼가!"

칼란서버가 거칠게 손을 저었다.

쾅, 콰광!

사방에서 폭발이 일어났다. 한 마리, 두 마리씩 아머나이트가 사라지기 시작했다.

　-물러나지 마라.

　마지막까지 남아 있던 아머나이트1과 자이언트 외눈박이도 결국 폭발에 휩쓸리며 사라지고 말았다. 공간이 훤히 드러난 상황, 칼란서버가 시간이 꽤 걸리는 기술을 사용하려는데 아머기마병이 달려들었다.

　"이 새끼들이……!"

　아머기마병은 얼마 버티지 못했다.

　"하악, 하악……."

　해야 할 일은 했다. 칼란서버를 지치게 만들었으니까.

　-마법은?

　-가능하다.

　그 순간 드디어 기다리던 시간이 도래했다. 숨어 있던 부르탄이 앞으로 나섰다. 칼란서버가 손을 휘저었으나 방패로 한 번 막아낸 후 거리를 좁혔다. 그 상태에서 쏘아지는 장렬한 기파.

　카란서버의 움직임이 순간 굳어버렸을 때.

　-아이스 피스트.

　-윈드 스톰.

　-파이어 월.

　-썬더 라이트닝.

　-파워샷.

　마법과 강력한 기운이 서린 뼈 화살이 놈에게 꽂혔다.

강화 작업을 하고 있던 무혁의 손이 멈췄다.

[소환수가 경험치를 획득합니다.]

정말 오랜만에 보는 메시지 때문이었다.

오호?

메시지가 겨우 한 번밖에 떠오르지 않았지만, 워낙 오랜만이라 감흥이 새로웠다. 서둘러 획득한 경험치를 확인해 봤다.

[현재 획득한 소환수 경험치 : 102,336]

순간 숫자를 잘못 읽은 줄 알았다.

10만……?

다시 확인해 봤지만 분명 1만이 아니라 10만이었다. 본래 2,336이 있었으니 몬스터 한 마리를 잡아서 스탯 10개를 올릴 수 있는 경험치를 획득해 버린 것이다.

미친, 도대체 뭘 잡은 거야? 10만이라는 경험치를 주는 녀석이 누구였지? 상급 마물? 아니, 놈들은 기껏해야 1만 수준. 그럼 최상급인가. 이내 그것도 아니라는 생각에 고개를 저었다. 순간 마족이 떠올랐다. 설마……?

그제야 최하급 마족이 10만이라는 경험치를 줬었다는 사실을 희미하게 떠올렸다.

맞아, 최하급 마족이 10만. 하급이 20만이었지.

정말로 최하급 마족을 사냥해 버린 모양이었다. 레벨이 최소 150에서 최대 200에 달하는 녀석을 무혁의 도움도 없이, 그들만의 힘으로 말이다.

"하, 하하……."

여기서 끝나지 않았다. 남은 녀석들이 돌아다니며 몬스터를 잡는 모양이었다.

[소환수가 경험치를 획득합니다.]×2

결국 11만이 넘는 경험치를 확보하고서야 전원이 죽었다. 아직 소환 쿨타임이 지나지 않았기에 조금 기다린 후 스켈레톤을 불러냈다.

"스켈레톤 소환."

나타난 소환수들에게서 왠지 모를 득의양양한 기세를 읽었다. 이내 피식하고 웃으며 11만으로 교환한 11개의 스탯을 고루 나눠줬다.

"아머나이트1, 아머나이트2……."

물론 전방에서 활약하는 녀석들 위주로. 메이저나 아처는 조금 나중에. 확실한 방어가 우선이라고 여겼기 때문이다.

"자, 스탯도 다 줬고."

이제 다시 마계로 보낼 차례였다.

"마계 이동."

녀석들을 보낸 후 NPC에게 줄 무구를 강화하기 시작했다.

['아머나이트2'가 역소환됩니다.]

['자이언트 외눈박이'가 역소환…….]

그런데 전과 같은 일이 또다시 발생했다.

"아, 진짜 뭐지?"

순식간에 소환수 전원이 역소환되었다. 경험치를 하나도 얻지 못한 채로.

궁금해서 돌아버리겠네.

도대체 마계에서, 아니, F11 지역에서 무슨 일이 일어나고 있는 것일까. 무혁은 한참이나 호기심이란 악마에게 시간을 빼앗겨 버리고 말았다.

아침이 되어 성민우가 게임에 접속했을 때에도 무혁은 강화에 열중하고 있었다. 물론 상태는 썩 좋지 않았다.

"눈이 퀭하다, 너?"

"어어, 왔나?"

"목소리에 기운도 없구만. 설마 밤새운 거냐?"

무혁이 고개를 끄덕였다.

"크, 대단하다, 너도. 그보다 접속하기 전에 홈페이지 좀 둘러보고 왔거든?"

"어."

"파라독스 그 새끼들, 용병 모집하던데? 그것도 120레벨 이상으로만."

용병이란 말에 무혁이 망치질을 멈췄다.

"조건은?"

"참가비가 10골드였나."

"별론데?"

"거기에 한 명 죽일 때마다 10골드씩 추가."

"으흠."

그런 조건이라면 생각보다 용병이 많이 모일 것 같았다.

10명만 죽여도 110골드니까.

"골치 아프겠는데, 많이 모이면⋯⋯."

"그치? 어쩌지?"

잠시 고민에 빠진 무혁.

아, 어쩌면 가능할지도?

한 가지 묘안이 떠올랐다. 물론 안 될 가능성도 있었지만, 성격을 미루어 짐작해 보면 충분히 될 것도 같았다. 망치와 아이템을 정리하고 몸을 일으켰다.

"나 헤밀 제국에 다녀올게."

"어? 왜?"

"파라독스 길드에서 용병 너무 많이 모으면 우리가 불리해지잖아. 나도 뭐라도 해봐야지."

"같이 갈까?"

"할 일 없냐?"

"여기서 할 게 뭐가 있다고."

"그럼 같이 가지, 뭐."

"오케이."

무혁은 성민우와 함께 아벤소 마을로 향했다. 워프를 통해 헤밀 제국에 도착하자마자 스승, 발시언을 찾아갔다.

노크를 하자 고함이 들려왔다.

"누구야!"

물론 무혁에겐 아주 친근한 소리였다.

"저예요, 스승님."

"음?"

문이 벌컥 하고 열렸다.

"무혁이로구나."

"네."

"오랜만이군. 근데 옆에 있는 녀석은 뭐냐?"

"제 친구예요."

"그래? 뭐, 같이 들어와라."

"네. 가자."

"아, 그래."

무혁이 안으로 들어서고 성민우가 따라가는데 갑자기 발시언이 손을 뻗어 앞을 막았다.

"버릇이 없구만."

"예?"

"들어오라고 했는데 인사도 안 해?"

"아, 죄송합니다."

"에잉, 내 유일한 수제자의 친구니 봐주마."

"가, 감사합니다."

꽤나 성격이 꼬장꼬장한 늙은이라고 생각하며 성민우는 무혁의 옆에 자리를 잡았다. 뒤이어 발시언이 두 사람의 정면에 앉았다. 그러곤 심드렁한 표정으로 무혁을 쳐다봤다.

"그래, 무슨 일이더냐."

"인사도 드리고……."

"그리고?"

"부탁도 좀 드리려고요."

심드렁한 표정이 순식간에 사라진다.

"부탁?"

"네."

흥미롭다는 듯 눈을 빛냈다.

"네 녀석이 부탁이라니, 재밌구나. 일단 들어나 보자꾸나."

"제가 길드랑 싸우게 되었거든요."

"길드랑?"

"네, 강압적으로 저를 길드에 가입시키려고 하더라고요. 거절했더니……."

설명을 이어갈수록 발시언의 안색이 변해갔다. 처음에는 평범한 살색이었는데 지금은 붉은 기운이 얼굴 전체를 가득 채우고 있었다. 게다가 눈까지 매섭게 뜬 상태라 말을 하는 무혁도 움찔거릴 정도였다.

"그, 그래서 부탁을……."

"감히!"

갑작스러운 고함에 무혁과 성민우 모두 크게 놀랐다.

이, 이 정도였나……?

발시언의 기세가 엄청났기 때문이다. 그가 제대로 스킬을 사용하면 무혁 본인도 버틸 수 없을 것 같았다. 이건 극히 초반, 레벨이 낮은 상태에서 극강의 몬스터를 만났을 때보다 더한 압박감이었다.

"감히, 내 수제자를 건드려!"

다행히 무혁에게 화난 건 아니었다.

후우……!

속으로 안도하며 발시언의 분노가 가라앉기를 기다렸다.

"스승님, 조금만 진정을……."

"으으음……!"

겨우 눈을 감고 화를 가라앉힌 발시언이 번쩍하고 다시 눈을 떴을 땐 그 차갑고 시린 동공과 마주할 수 있었다.

"그래, 내가 어떻게 도와주면 되겠느냐."

"음, 실력 있는 조폭 네크로맨서 제자들이나 좀 불러주시면 될 것 같아요."

"실력이라……"

이내 고개를 끄덕이는 발시언.

"좋다, 오늘 안으로 칼럼 마을로 보내마!"

"감사합니다."

"숫자는?"

"많을수록 좋겠죠."

"알겠다. 그건 내가 알아서 하마."

"네, 그럼 이만 가보겠습니다."

무혁과 성민우가 떠나자마자 발시언이 몸을 일으켰다. 잠시 가라앉혔던 분노를 다시 일으키며 마법 길드를 찾아갔다.

"어서 오십……! 아니, 발시언 영감님?"

"그 노망난 늙은이는?"

"예? 아, 길드장님이요? 5층에 계십니다."

"알았다!"

5층으로 올라간 발시언이 집무실을 벌컥, 열었다.

"누구야, 노크도 없이!"

"나다, 인마!"

"음? 네가 웬일이냐."

"부탁 좀 하려고!"

"부탁을 뭔 협박처럼 하고 난리야!"

"화가 나서 그런다, 화가 나서!"

헤밀 제국의 마법 길드장, 루벤하르크가 미간을 찌푸렸다.

물론 그게 부정적인 생각으로 인한 건 아니었다. 오랜 지기인 발시언이 저렇게 열을 내는 모습을 본 게 얼마 만인지. 과연 뭐 때문에 저렇게 화가 난 건지 꽤나 궁금했던 것이다.

"내 수제자 좀 도와줘야겠다."

"수제자?"

"그래, 당장 조폭 네크로맨서 녀석들한테 긴급 의뢰 하나만 넣어봐!"

"하, 이 빚은 나중에 꼭 갚아라."

"알았어!"

"그래, 내용은?"

발시언의 입에서 구체적인 내용이 내뱉어졌다.

잠시 후. 130레벨 이상의 조폭 네크로맨서 유저에게 한 가지 퀘스트가 떠올랐다. 칼럼 마을로 향해 무혁의 지시에 따라 파라독스 길드와 대항하라는 것이 주된 내용이었다. 거부할 수 없는 강제 퀘스트였는데 거부하면 받게 되는 페널티가 장난이 아니었다. 그와 관련된 정보가 순식간에 일루전 홈페이지에 퍼졌고 이내 게시판을 뜨겁게 달궜다.

"와, 그 영감님. 대박인데?"

"그러게. 이렇게 커질 줄은 몰랐는데……"

"크큭, 좋은 거지, 뭐."

무혁은 한숨을 쉬며 일루전에 접속한 상태로 홈페이지 게시판을 훑었다.

[제목 : 아니, 강제 퀘스트라니. 강제 퀘스트라니……!]
[제목 : 진짜 짜증 나네요.ㅠㅠ 무시하면 페널티가 토가 나올 정도고. 따르자니 하필 상대가 파라독스 길드……!]
[제목 : 아, 졸라게 난감하네요. ㅅㅂ……]

무혁은 두 번째 게시물을 클릭했다.

[내용 : 파라독스 길드에서 용병 모집하는 건 아시죠들? 이번에 뭐 어디서 길드전 신청이 들어왔다고 하던데. 각설하고, 제가 파라독스 길드에 용병으로 참가를 했다 이겁니다. 근데 ㅅㅂ, 갑자기 강제 퀘스트가 이렇게 떠버리면 저보고 어쩌라는 겁니까! 하, 게다가 알아보니까 130레벨 이상 조폭 네크로맨서한테만 이 퀘스트가 떴다고 하던데……. 장난하세요?ㅠㅠ 진짜 난감하고 답답하네요. 도대체 전 어떻게 해야 되죠?]

　└와우, 강제 퀘스트ㅋㅋㅋ
　└스샷 보니 페널티가 심하던데. 걍 해야죠, 뭐.
　└ㅋㅋㅋ, 근데 상대가 파라독스ㅋㅋㅋㅋ
　└페널티가 더 심각함. 이건 어쩔 수 없음. 차라리 파라독스랑 싸워서 몇 번 죽고 말지.
　└의문 하나. 왜 조폭 네크로맨서랑 일부 마법사한테만 뜬 걸까요?

└흠, 지금 무혁 님이 일루전TV 안 하는 이유가 파라독스 길드랑 악연이 생겨서라는 소문이 있던데요. 설마 파라독스 길드에 길드전을 신청한 게 무혁 님은 아니겠죠?

　└윗분, 그게 말이 된다고 생각하심?

　└안 될 이유라도?

　└무려 파라독스라고요, 파라독스!

　　└무혁 님도 무려 무혁 님인데요?

　　└하, 말이 안 통하네요. 됐습니다.

　└근데 저 말이 틀렸다고만 볼 순 없겠네요. 하필 조폭 네크로맨서한테 뜬 퀘스트 내용이 칼럼 마을 길드에 가입해서 공헌도를 올리라는 거잖아요? 칼럼 마을이면 무혁 님이 키우고 있는 마을로 알고 있는데…….

　└우연이겠죠, 그냥.

　└아, 의문만 쌓이고 해답은 없군요. 답답하다, 답답해ㅠㅠ 무혁 님, 제발 일루전TV 좀 틀어주세요ㅠㅠ

댓글을 보던 무혁이 고개를 저었다.

"하아."

잘된 건지, 아닌 건지 알 수가 없었다. 이거, 참. 설마 강제 퀘스트를 내버릴 줄이야. 누가 상상이나 했겠는가.

"난 그냥 알고 지내는 조폭 네크로맨서나 조금 보내줄 거라고 여겼는데……."

"뭐 어때. 이기면 장땡이지."

성민우의 말이 맞았다. 일단 이기는 게 우선이니까.

"그래, 이겨야 마을도 지키니까."

"그럼, 그럼."

일이 커지긴 했지만 그래도 덕분에 용병으로 인해 길드전에서 패배할 일은 발생하지 않을 것 같았다. 파라독스 길드에 있던 130레벨 이상의 조폭 네크로맨서는 지금 멘탈이 붕괴되었을 것이고 길드에 속하지 않은 용병들은 위약금을 물어주고 칼럼 마을로 이동할 가능성이 높았으니까.

"조폭 네크로맨서 많아지면 볼 만하겠는데?"

"아무래도 그렇지."

레벨이 높은 조폭 네크로맨서가 모이면 볼거리도 상당할 것이고, 또 실력적인 면에서도 큰 도움이 되리라.

"일단 속도 높이자."

"오케이!"

칼럼 마을에 거의 도착했을 즈음, 입구에 예린이 보였다.

"오빠!"

"아, 기다렸어?"

"그럼. 말도 없이 사라져서 얼마나 걱정했다고."

"미안, 헤밀 제국에 잠깐 다녀온다고."

"헤밀 제국에?"

"응, 홈페이지 안 봤어?"

"아직."

"한번 훑어봐."

예린이 홈페이지를 보는 사이 셋은 도란이 수련 중인 마을 구석으로 이동했다. 도착하자마자 그녀가 눈을 크게 떴다.

"와, 이런 일이 있었구나……."

"응, 일이 좀 커졌지?"

"커지면 어때. 확실히 도움이 되잖아."

"맞아, 승률을 높이는 게 중요하다고."

두 사람의 말에 무혁이 웃었다.

확실히 그렇지. 발시언에게 부탁을 한 덕분에 일이 한결 수월해졌다. 이젠 정말 놈들을 처참하게 짓밟기만 하면 되리라.

물론 그전에.

"촌장님!"

"네?"

"지금 입구가 난리가 났습니다. 갑자기 이방인들이 왜 이렇게 오는지……."

"아……!"

조폭 네크로맨서들을 길드에 가입시켜야겠지만 말이다.

한편, 파라독스 길드장 테이큰이 관자놀이를 지그시 눌렀다.

"……해서, 현재 용병으로 있던 조폭 네크로맨서 대부분이 위약금을 물고 빠져나간 상태입니다. 길드에 속한 130레벨 이상 조폭 네크로맨서들조차도 지금 흔들리는 모양입니다. 이상으로 보고 마치겠습니다."

테이큰은 말이 없었다. 자리를 지킨 간부도. 보고를 올린 당사자도. 모두가 불편한 표정으로 고개를 숙였다.

"하아."

한참이 지나고서야 테이큰의 입이 열렸다.

물론 한숨이 전부였지만.

뒤이어 관자놀이를 누르던 동작을 멈추고 전방을 훑는다.

"그래, 애초에 쉬울 거라고 여기진 않았지만……."

설마 이런 생각지도 못한 방법을 사용할 줄이야.

"내일 11시에 길드전이 시작된다."

"예……!"

"그런데 우린 당장 오늘 이렇게 흔들리고 있고. 이 상태로 이길 수 있다고 보나?"

간부 하나가 테이큰을 쳐다봤다.

"아무리 그래도 저희가 진다는 건 상상하기가 힘듭니다."

"그래? 상상이 안 된다고?"

"예."

"이걸 어쩌나. 난 왜 자꾸 그 모습이 상상될까? 내가 병신이라서 그런가?"

"그, 그럴 리가 있겠습니까."

"그럼 네가 무식해서 그런 거로군."

"……."

"후, 이미 벌어진 일. 어쩔 수 없지. 내일 길드전이나 똑바로 준비하라고. 알겠어?"

"예!"

"알겠습니다!"

"해산!"

회의를 종료하면서도 테이큰은 불안했다.

미치겠군, 정말.

놈들을 으스러뜨리기 전엔 해소되지 않을 감정이었다.

초반 몇 명은 무혁이 직접 길드에 가입시켰다. 하지만 이후로는 시간이 너무 소모되는 것 같아 도란에게 명령하여 그들을 가입시키도록 했다. 그사이 무혁은 아이템을 강화했고 시간이 흘러 밤이 찾아왔다.

"갔다 올게."

"수고!"

무혁은 감옥에 내려서자마자 주문서를 사용했다.

"아, 시파알……."

"또 로그아웃 불가능이냐!"

웃으며 걸음을 옮겼다.

"다들 접속 안 한다고 하더니?"

"혹시나 해서 했다, 새끼야!"

"설마 또 올 줄 알았겠냐고! 이 지독한 새끼!"

"제발 좀 풀어주세요. 시바아알!"

"내일 길드전이라고!"

"지금 죽으면 길드전에 참여 못 하잖아?"

"어, 그, 그런가?"

"형님! 부탁 좀 드립시다!"

무혁은 속으로 헛웃음을 삼켰다.

"내가 너희랑 길드전 하는데, 왜 풀어줘야 되지?"

"이 개새……!"

"그리고, 어차피 너희는 참여 못 해."

"뭐……?"

포박이 되어 감옥에 갇힌 상태에서는 길드전 참여가 불가하다. 굳이 스탯을 목적으로만 가둬둔 건 아니었던 것이다.

"내일 되면 알 테니 입 다물고. 이제 그만 죽자."

단검을 꺼내어 차례대로 놈들을 죽였다.

[민첩(0.1)이 상승합니다.]

"잔인한 새끼."

"더러운 새끼."

다음 녀석도, 그다음 녀석도. 갖은 욕을 들어가며 놈들을 죽였다. 하지만 아무리 욕을 들어도 전혀 기분이 나빠지지 않았다. 결국 화가 나는 건 저들이었고 무혁은 참으로 손쉽게 스탯을 올릴 수 있었으니까.

"잘 가라."

마지막 한 명까지 처리했다.

총 140명. 무려 15개의 스탯을 올리는 쾌거를 이뤘다. 이후 자리로 돌아가 다시금 강화에 집중했고 늦은 새벽, 일루전에서 나와 잠을 청했다.

4시간 뒤 알람 소리에 깬 무혁은 세수를 통해 정신을 차리고 대충 허기를 때운 후 일루전에 접속했다. 2시간 뒤 시작될 길드전을 위해 바삐 움직이기 시작하는 그였다.

제2장
승리

일찍 일루전에 접속한 무혁은 먼저 기사단장을 찾아갔다.

"여기 계셨네요."

"네, 무슨 하실 말씀이라도 있으십니까?"

"무구를 좀 빌려 드리려고요."

"무구요?"

"네."

기사단장이 부드럽게 웃었다.

"저희가 사용하는 것도 나쁘지 않은 수준입니다만."

"한번 봐도 될까요?"

"물론이지요."

그가 검과 방패, 갑옷을 보여줬다.

흐음, 괜찮긴 하지만. 딱 예상하고 있던 범위였다. 강화는 0이었고 나머지 세세한 옵션은 굳이 따지자면 130레벨 정도의 유저가 사용할 만한 수준이었다. 아무래도 거친 느낌의 무구를 갑자기 구하느라 본래의 장비보다 질이 떨어질 수밖에 없었으리라.

"제가 강화가 가능한 건 아시는지?"

"아, 이야기는 들었습니다."

"빌려 드릴 게 강화된 무구입니다."

"예……?"

기사단장의 눈이 커졌다. 항상 차갑고 냉정하게만 보이던 그였기에 이런 반응이 더욱 재밌었다.

"놀라셨나 봐요."

"아, 조금요."

무혁이 웃으며 무구를 꺼냈다.

"한번 착용해 보시죠."

이번에는 기사단장도 거부하지 않았다. 무려 강화된 무구가 아닌가. 서둘러 입어본 그의 입꼬리가 떨린다. 웃음을 참고 있음이 분명했다.

"조, 좋군요."

"그런가요?"

"네, 가만히 있어도 힘이 솟는 기분입니다."

"그렇다면 다행이긴 한데. 안타깝게도 수량은 많지 않아요."

"아……!"

"200명 정도한테만 빌려 드릴 수 있을 것 같네요."

기사단장의 눈이 빛났다.

"그럼 기사……."

"활, 창, 검, 지팡이 등. 무기의 종류가 많습니다."

"그, 그렇군요."

기사에게 전부 입히면 균형이 어긋난다. 그렇게 되면 기사단이 날뛸 때 병사들은 모두 죽어버릴 수도 있다. 그런 건 바라지 않기에 적절히 나눠줄 생각이었다.

"정확한 수량을 알려줄 테니 적당히 추려서 데려와 주십시오."

"알겠습니다."

무혁이 무기와 방패, 갑옷의 수량을 언급했고 기사단장은 기억한 후 가장 실력이 좋은 이들로 추려서 데리고 왔다.

"여기 있습니다."

"감사합니다!"

"다음 나오세요."

기마병사 한 명이 나섰다.

"이름이 어떻게 되세요?"

"아, 시드넘입니다."

"기마병이시죠?"

"네."

"200명의 기마병 중에서 50명을 맡아주셨으면 합니다."

"예……?

옆에 있던 기사단장을 쳐다보는 시드넘이었다. 하지만 기사단장 역시 무혁의 말을 따르는 입장이었기에 그저 고개를 끄덕일 뿐이었다.

"아, 네. 알겠습니다."

"전투가 시작되면 스켈레톤이 먼저 나설 겁니다. 기마병으로만 이뤄진 4개의 조는 그 뒤를 따라가면 됩니다. 이후부터는 북소리에 따라 움직여주세요. 북소리가 한 번 울리면 정면 돌파를 의미하는 겁니다. 짧게 두 번 울리면……."

무혁은 아이템을 나눠주며 그들에게 지시를 내렸다.

"자, 다음 오세요."

이번에는 궁병이었다.

"궁병 50명을 이끄는 조장이 되어주세요."

"예?"

"할 수 있으신가요?"

"아, 물론입니다."

"좋습니다. 먼저……."

그에게도 해야 할 일을 인지시켰다.

"알겠습니다!"

"다음."

1시간에 걸쳐 자세한 설명과 함께 아이템을 나눠줬다.

그리고 잠시 후, 조폭 네크로맨서 유저들을 찾아갔다.

"다들 접속했나요?"

"음, 거의 다 온 거 같긴 하네요."

"인원부터 파악하죠."

무혁은 그들을 줄 세워서 숫자를 파악했다.

100명, 다 왔군.

"사실상 여러분이 가장 중요합니다."

"저희가요?"

"네, 상상해 보세요. 100명의 조폭 네크로맨서. 그것도 130레벨 이상의 유저만 모여 있는 지금 이 상황에서 소환수를 부르면……"

뒷말을 흐리고 틈을 준다. 상상력을 자극하기 위해서.

"과연 몇 마리나 될까요?"

쉽게 계산이 되지 않았다.

유저 한 명이서 100마리 정도만 소환한다고 쳐도.

"적어도 1만 마리입니다. 그 무수한 스켈레톤이 초원을 누비는 겁니다."

"허……"

"파라독스 길드에 용병으로 지원했던 조폭 네크로맨서 전원이 우리에게 온 것으로 압니다. 물론 일반 네크로맨서는 그곳에 남았겠지만 그들은 큰 위협이 되지 않잖아요? 우리는 소환수만으로도 놈들의 정신을 피폐하게 만들 수 있습니다."

모두 수긍하는 얼굴이었다. 무려 1만 마리다. 자부심이 생기지 않을 리 없었다.

"과정은 힘듭니다. 그 약한 녀석들 키우느라 노가다하는 것도 장난이 아니죠. 하지만 키워놓고 보면 참 그럴듯하단 말이죠. 물론 지금도 과정에 있을 뿐이지만, 사실 130레벨 이상이면 지금으로선 상위권 아닙니까?"

"그럼요. 상위권이죠!"

"그러니 보여줍시다. 우리가 얼마나 강한지. 그래야만 녀석 들도 길드전 이후에 함부로 시비를 걸지 않을 테니까요."

"우오오!"

"좋습니다!"

그제야 의욕이 느껴졌다.

"기대하겠습니다."

다음으로 성민우와 예린, 도란을 찾아갔다. 셋은 뭔가 조금 굳어 있는 상태였다.

"긴장되나 보다?"

"크흠, 뭐, 조금?"

"오, 오빠. 난 많이 긴장돼."

성민우는 무시한 채 예린에게 다가갔다.

"괜찮아. 내가 말했던 것들 잘 생각해서 북만 쳐주면 돼."

"으응, 알겠어."

"물론 기회가 되면 마법도 쏴주고. 알지?"

"응!"

예린을 다독여 준 후 남은 시간을 확인했다.

"20분 남았네. 난 감옥에 있을게."

"아아, 그래. 11시에 자동으로 소환된다고 했지?"

"어."

"오케이! 그때 보자."

"오빠, 조금 있다 봐!"

"그래."

감옥으로 향한 무혁이 주문서를 사용했다. 하지만 생각보다 접속한 이들이 많지 않았다.

[붉은 단검에 쌓인 사기가 캐릭터에게 전이됩니다.]
[민첩(0.1)이 상승합니다.]

각 스탯을 겨우 1개씩 올렸을 뿐이었다. 뭐, 딱히 할 일도 없으니. 남은 시간은 이곳에서 보내기로 했다.

"헙……!"

마침 한 유저가 접속했다. 그를 죽이고 잠시 기다리자 또 다른 유저가 접속했다. 접속하는 순간의 떨림이 생각보다 컸기에 기적을 놓치지 않을 수 있었다. 덕분에 스탯 한 개를 더 올릴 수 있었다. 이후로 간간이 접속하는 이들을 죽이는 사이 약속된 시간이 찾아왔다.

[60초 뒤에 전장으로 소환됩니다.]

마침 메시지가 떠올랐다.

60초라……. 1초, 1초가 더디게 느껴진다.

그즈음. 거의 동시에 수십의 유저가 접속했다.

"이 새끼야! 죽여봐! 이제 소환될 텐데 죽여보라고!"

"여기 다 죽일 수 있겠냐!"

"크크큭, 너 이 새끼, 전장에서 두고 보……!"

그들의 말에 무혁이 피식하고 웃었다. 대답할 가치도 없었다. 곧 알게 될 테니까. 곧이어 무혁의 몸이 빛에 휩싸였다.

[3, 2, 1. 전장으로 이동합니다.]

이것이 퍼스트 길드원과 파라독스 길드원에게 떠오른 메시지였다. 다만, 칼럼 마을 감옥에 갇힌 이들은 추가로 메시지를 하나 더 받아야만 했다.

[포박되어 감옥에 갇힌 상태입니다. 전장 이동이 취소됩니다.]

"으아아아아아악!"
"뭐, 이런 개 같은……!"
"이런, 시바아아아알!"
빛이 사라지고, 갇힌 이들의 절규가 감옥을 가득 채웠다.

드디어 길드전이 치러질 공간에 들어섰다.
"후아, 여긴가?"
눈앞에 펼쳐진 드넓은 초원과 우측에 위치한 거대한 북. 그리고 저 멀리 세워진 성벽이 시야를 채웠다. 파라독스 길드는 저곳 내부에서 전투를 준비하고 있으리라.

스윽.

몸을 돌린 무혁이 길드원을 눈에 담았다. 도란과 성민우, 예린. 발시언 덕분에 합류하게 된 100여 명의 조폭 네크로맨서. 대열을 갖춘 1,700명의 NPC까지. 길드장은 아니지만 실상 이들을 이끌어야 하는 입장에서 천천히 입을 열었다.

"알고 있겠지만 다시 한번 길드전 규칙을 설명하겠습니다. 우리는 파라독스 길드가 지키는 성문을 넘어야 합니다. 성문의 에너지를 0퍼센트로 만들면 자연적으로 사라집니다. 이후 성문으로 들어서서 길을 따라가다 보면 내부 깊은 곳에 위치한 왕좌가 보일 겁니다. 우리는 바로 그 왕좌를 차지해야 합니다. 3초, 딱 3초만 앉아서 시간을 보내면 길드전에서 이길 수 있습니다. 하지만……."

무혁은 길드를 몇 번이고 다시 설립해서 끝없이 길드전을 신청할 계획이었기에 처음에 압도적인 힘의 차이를 보여주고 싶었다.

"이곳에서는 죽어도 페널티가 없습니다. 그렇기에 파라독스 길드원은 목숨을 걸고 왕좌를 지키려 들 겁니다. 우리는 압도적인 힘으로 놈들을 눌러야만 합니다. 제대로 실력을 보여줘야 하는 겁니다. 길드전 이후에도 놈들이 감히 고개를 들지 못하도록!"

이야기를 듣는 모두의 눈이 빛났다.

"사전에 지시한 대로만 움직여 주십시오. 그러면 우린, 반드시 이깁니다."

그 순간, 진동과 함께 허공에 드론이 생성되었다. 일루전에서 자체적으로 만든 것으로 전투 장면을 녹화하기 위함이었다. 무혁은 그 타이밍에 맞춰 몸을 돌렸다.

[3, 2, 1. 전투를 시작합니다.]

정면을 주시하며 입을 연다.

"시작하죠."

가장 먼저 조폭 네크로맨서들이 스켈레톤을 소환했다.

1만이 넘어서는 스켈레톤이 초원을 지나 다가온다. 그 모습을 성벽 위에서 지켜보던 파라독스 길드원이 어이가 없다는 표정을 지었다.

"야, 온다. 근데 저게 말이 되냐?"

"미치겠네."

"하, 그냥 듣는 거랑 직접 보는 1만은 차원이 다르구만."

그때 길드장 테이큰이 손을 들었다. 모두 입을 다물었다.

"일단 소환수부터 전부 내보내."

"예!"

소환수로 맞대응을 했지만, 숫자에서 차이가 났다. 기껏해야 3천 마리 정도. 승패는 보지 않아도 뻔했다.

"나머지는 대기한다. 대신 1그룹은 항상 신경을 기울이도록, 놈들이 사정거리 안으로 들어왔을 경우 4개조로 교대하면서 스킬을 연사해야 하니까. 1조가 스킬을 썼으면 맨 뒤로 이동해서 쿨타임 기다리고 다음 2조가 앞으로 나서서 스킬을 쓰는 식으로. 2그룹은 아래에서 언제라도 성문 밖으로 뛰쳐나갈수 있게 대기하고. 3그룹은…… 크흠."

말을 하던 테이큰이 입을 다물었다. 방금 전의 말을 어제도 했다는 사실을 깨달은 탓이었다.

"무슨 말인지 알 거라고 믿는다."

사전에 계획했고 또 전달했던 내용이지만 다시금 언급할 정도로 테이큰은 큰 불안함을 느끼고 있었다. 이젠 그 감정을 길드원과 용병도 은연중에 느끼는 낌새였다.

"후우."

이대로는 안 되겠다고 여긴 걸까.

"로즈."

"응?"

"나머지는 맡아줘."

결국 여성 마법사, 로즈에게 전권을 위임했다.

"걱정 말라고."

그녀가 자신만만하게 웃으며 지휘를 시작했다. 불안감이 어느 정도 해소된 가운데 일사불란한 움직임을 선보였다.

그즈음, 소환수끼리의 거리가 충분히 좁혀졌다.

"소환수 공격 개시!"

"개시!"

중앙에서 서로를 향한 공격들이 퍼부어졌다.

콰아아앙!

각종 마법 공격이 하늘에서 서로 부딪히고 바닥에서 폭발하며 어마어마한 규모의 장관을 만들어냈다. 전투라는 사실을 알지 못한 채, 멀리서만 이 모습을 본다면 사상 최대 규모의 불꽃놀이라고 착각했을지도 모른다. 하지만 실상 벌어지는 일은 결코 아름답지 않았다. 바닥에 꽂힌 마법으로 인해 지면이 파헤쳐지고 뼈다귀가 부서진 채 흩날린다. 일부는 아예 녹아버렸고 또 일부는 먼지가 되어 흩어졌다.

확실한 건 퍼스트 길드가 압도적으로 우위에 있다는 사실이었다. 1만의 소환수와 3천의 소환수. 숫자만으로도 누구나 짐작할 수 있는 수준이었으니까.

두웅!

그 순간 정면돌파를 알리는 북이 한 번 울렸다. NPC로 이뤄진 기마병들이 송곳처럼 늘어선 채 돌진하기 시작했다.

윈드 스텝.

그 뒤를 무혁이 바짝 따라붙었다. 무혁이 달리기 시작하자 좌우의 아머기마병도 덩달아 속도를 높였다. 아머기마병은 더욱 가속하더니 앞에 위치한 NPC기마병들을 호위하듯 감쌌다. 그리고 그 상태에서 파라독스 길드의 소환수 무리를 뚫어버릴 듯 파고들었다.

-가속 찌르기!

-가속…….

창날과 랜서의 끝에 부딪힌 파라독스 측 소환수들이 으스러지고, 말발굽에 치인 녀석들 역시 짓밟히며 공간에서 밀려났다.

히이이이잉!

덕분에 NPC와 무혁 모두 속도를 더 높일 수 있었다.

흠칫.

그 순간 시작된 성벽 위에서의 공격. NPC들을 살리기 위해 아머기마병을 희생하기로 했다.

"아머기마병, 전원 방어!"

두웅, 두웅!

그 순간 북소리가 두 번 울렸다. 좌우로 퍼지라는 뜻이었다. 아마도 성벽 위의 공격들이 한곳에 집중된 모양이었다.

북소리에 따라 좌우로 퍼지니 본래 있던 자리에서 가장 큰 폭발이 발생했다. 나머지 주변에는 얼마 되지 않는 공격만 떨어질 뿐이었다. 이 정도는 가볍게 막아낼 수 있었다.

자, 이제……!

무혁이 고개를 돌렸다. 기마병 조장과 눈이 마주치는 순간 고개를 끄덕였다.

"선회한다!"

NPC로 이뤄진 기마병사들이 파라독스 측 소환수의 뒤로 돌아가 공격을 퍼붓기 시작했다. 무혁은 여전히 멈추지 않고 전진했다. 그러면서도 시선을 성벽에 두어 놈들의 공격이 어떻게 이어지는지를 파악하려 애썼다.

'유저들이 바뀌었네?'

그들이 다시 스킬을 사용했다.

"방어!"

무혁은 방패를 들고 아머기마병의 뒤에 몸을 감춘 채 기회를 엿봤다.

['아머기마병5'가 역소환됩니다.]

['아머기마병8'이 역소환······.]

선두에 있던 아머기마병 일부가 녹아버렸다. 중간, 후미에 있던 녀석들도 피해를 꽤 받았지만 아직까지는 버틸 만한 수준이었다. 소환수가 부서지는 것엔 크게 신경 쓰지 않았다. 지금은 그보다 중요한 걸 알아내야 했기에.

"앞으로 달려!"

그러자 성벽 위에 있던 이들의 모습이 다시금 사라졌다. 그리고 새롭게 나타난 자들이 성벽 위에서 스킬을 난사했다.

콰아아앙!

서둘러 아머기마병을 좌우로 퍼뜨리고 공격을 피하며 무혁은 생각했다.

세 번이나 바뀌었어.

시야를 가리는 먼지를 날려 보낸 후 성벽 위를 다시금 주시했다. 성벽 위, 중앙에 위치한 한 명만을 주시했기에 변화를 즉시 파악할 수 있었다.

또 바뀌었어.

이로써 총 네 번. 즉 4개의 조를 활용한다고 보면 되리라.

더 바뀌려나?

다시 한번 유저들이 바뀌었지만, 그들은 가장 처음 스킬을 사용했던 이들이었다. 무혁이 손을 들었다. 손가락 네 개를 펼쳤고 손가락의 개수를 정확하게 파악한 궁병이 예린에게 다가갔다.

"손가락이 4개입니다."

"4개 조로 나뉘어서 공격을 이어가는 거군요."

"예."

예린이 눈을 빛냈다. 즉시 북을 한 번 두드리고 3초가 지난 후, 다시 북을 세 번 두드렸다.

둥, 둥, 두웅.

파라독스 측 소환수를 상대하고 있는 일부를 남겨두고 나머지 인원 전부를 성문으로 보냈다.

스켈레톤의 경우에는 2개의 조로 나눴다. 1조는 성문으로 향하는 동안 총알받이의 역할을 하게 될 것이고, 2조는 성벽 위 유저들의 시선과 공격을 유도하는 한편, 동시에 무혁을 돕기 위해 그가 위치한 곳으로 달려 나갔다.

로즈가 크게 외쳤다.

"2그룹! 전부 북쪽 쪽문으로 나가! 접근하는 녀석부터 막으라고!"

"예!"

"1그룹은 계속 돌아가면서 놈들에게 대미지를 입히고!"

"알겠습니다!"

2그룹에 속한 대규모 인원이 북쪽을 향해 쪽문을 열었다.

"어서, 어서 나가!"

"서두르라고!"

4명씩 줄을 서서 바깥으로 이동했다. 수가 워낙에 많아 나가는 데에만 상당한 시간을 소모할 것 같았다.

마침 그 모습을 발견한 무혁이 눈을 빛내며 쪽문으로 달려갔다. 그리고 거리가 충분히 좁혀졌을 때 장검을 꺼내어 활로 변형했다.

풍폭, 멀티샷. 풍폭, 강력한 활쏘기.

다수의 화살이 선두에 있는 유저들에게 대미지를 입혔다.

놈들이 전부 쏟아져 나오면 무혁과 스켈레톤만으로는 절대 버틸 수 없다. 그러면 성문으로 다가오는 퍼스트 길드원에게 달려들 것이고 성벽 위쪽에서 공격하는 이들과 연계할 경우 피해가 커질 것이 분명했다.

물론 이곳에서는 NPC들도 죽음으로부터 보호를 받는다지만 무혁은 그럼에도 불구하고 최소한의 피해로 승리하고 싶었다. 힘의 차이를 확실하게 인지시켜 놈들을 절망에 빠뜨리고 싶었다.

그러기 위해선? 저들이 나오는 속도를 최대한 늦추는 게 답이었다.

콰아앙!

폭발에 밀려난 파라독스 측 유저들로 인해 벌써부터 쪽문을 통해 나오는 행위에 차질이 생겨 버렸다. 내부에 있던 로즈가 답답한 듯 외쳤다.

"멍청한 것들아, 좁으면 다른 쪽문으로 나가면 되잖아!"

"아, 예!"

그제야 4개의 쪽문을 이용하기 위해 사방으로 퍼지는 그들이었다. 물론 무혁은 그 사실을 이미 예감하고 있었다. 4개의 쪽문이 존재한다는 사실을 애초부터 알고 있었으니 당연하다고 볼 수 있었다. 그래서 도착한 스켈레톤을 나누어 다른 쪽문으로 보냈다.

그 모습을 지켜보던 로즈가 미간을 찌푸리며 앞으로 나섰다. 같은 길드원을 치워 버리고 손을 들어 올렸다.

"하, 귀찮은 새끼. 전부 비켜!"

그러자 허공에 생성된 창이 그녀의 손에 잡혔고, 곧바로 투척하듯 던져 버렸다.

콰아앙!

무서운 속도로 무혁에게 파이어 스피어가 뻗어졌지만. 너무 직선적이라 어렵지 않게 방패로 막아내는 그였다.

[385의 대미지를 입습니다.]

생각보다 큰 대미지에 속으로 감탄을 터뜨렸다.

385라……!

방패로 막지 않으면 3천 이상의 HP가 단번에 날아간다는 소리였다. 확실히 최상위 랭커라 불릴 자격이 있는 유저였다. 하지만 범위 마법은 사용하지 못하리라. 사용하게 되면 파라독스 측 유저들도 대미지를 입게 될 테니까. 그렇다면 기껏해야 쓸 수 있는 건 단일 마법일 것이고 그 정도는 방패로 막아내거나 윈드 스텝을 이용해 충분히 피할 자신이 있었다.

"멍청이들아, 어서 나가!"

"예!"

물론 로즈가 그 사실을 모를 리 없었다. 지금 공격은 길드원이 조금이라도 더 빨리 쪽문을 빠져나가도록 도와주는 게 목적이었을 뿐이었다. 막아보려고 했지만 로즈의 거듭된 공격이 방해를 해왔다. 짧은 시간 동안 꽤 많은 인원이 쪽문 밖으로 나왔다. 그래도 무혁은 뒤로 물러서지 않았다.

"시발, 겨우 나왔네!"

"제대로 싸워보자고!"

"죽어, 해골 새끼야!"

밖으로 나온 파라독스 측 유저들이 사나운 기세를 뿌리며 달려들었다.

쫘드득.

스켈레톤이 너무 쉽게 부서지고 있었다. 그 탓에 적진에서 전투를 하는 무혁 본인이 포위당할 위기에 처했지만 조금도 심각한 표정이 아니었다. 시야 확보를 통해 부르탄을 바로 뒤에 위치하도록 지휘한 상태였으니까.

희미하게 웃은 그가 백덤블링을 했다.

그 순간 드러난 한 마리의 스켈레톤, 부르탄. 녀석이 기파를 쏘아냈다.

"모, 몸이 안 움직여!"

"으, 으어……."

뒤이어 등장한 자이언트 외눈박이까지 적진에 침투했다.

쿠우웅!

그제야 다시금 앞으로 나선 무혁이 비틀거리는 녀석들 중에 한 명을 공격했다.

[붉은 단검에 쌓인 사기가 캐릭터에게 전이됩니다.]

[민첩(0.1)이 상승합니다.]

6강짜리 단검이었기에 공격력은 절대 부족하지 않았다.

한 명 더……!

자이언트 외눈박이가 시선을 상당히 끌어주고 있는 덕분에 상당히 여유로워진 상태였다. 지금이라면 적어도 수십 명은 홀로 죽일 자신이 있었다. 생각과 동시에 움직이기 시작하는 무혁의 행동은 그야말로 거침이 없었다.

한편, 무혁과 스켈레톤들이 4개의 쪽문에서 튀어나오는 파라독스 측 유저들을 막아내는 사이, 퍼스트 길드원들 역시 스켈레톤을 방패로 삼아 꾸준히 성문으로 돌진했다. 벌써 성문과의 거리가 4분의 1은 줄어든 상태였다.

두웅, 둥!

그 순간 울린 두 번의 북소리에 모두 좌우로 퍼졌다.

쾅! 콰과광!

그들이 본래 있던 자리로 다수의 공격이 꽂혔다. 무혁이 성벽 위의 인원이 4개의 조로 나뉘어 행동하고 있음을 전달해 준 덕분에 예린은 상황에 맞춰 길드원을 컨트롤할 수 있었고, 덕분에 길드원의 피해는 미미한 수준이었다. 예린은 성벽 위를 주시하며, 변화가 발생하는 즉시 북을 때렸다.

둥!

북소리 한 번에 스켈레톤과 길드원이 신속하게 움직였다. 빨리 앞으로 나아가며 송곳처럼 한곳으로 모여든 것이다. 그 유기적인 움직임에 예린은 흡족하게 웃었다.

둥!

정면 돌파 이후 또 정면 돌파. 가속하라는 의미였다.

"속도 높여!"

인원이 바뀌는 짧은 틈을 노려 성문과의 거리를 좁힌다.

물론 가만히 둘 파라독스가 아니었다. 성벽 위로 모습을 드러낸 이들이 스킬을 사용했고, 그 순간 예린도 북을 두드렸다.

둥! 둥!

좌우로 퍼지면서 공격을 피하기 시작했다. 북소리가 아니라면 이런 유기적인 움직임은 절대로 일어날 수 없다. 사방이 동료거나 적군이라 시야가 좁아지기 때문이다. 하지만 지금은 오직 북소리에만 집중하는 상태였고 덕분에 지금과 같은 움직임을 선보일 수 있었다.

그렇게 이동하던 중. 뒤에 있던 궁병 한 명이 앞으로 향해 기사단장의 옆에 위치했다.

"사정거리에 들어왔습니다!"

"정말인가?"

"예!"

기사단장이 급히 검을 들었다. 그 모습을 확인한 예린이 힘차게 북을 두드렸다.

둥둥! 둥둥!

궁병과 마법사들. 그리고 1조에 속한 스켈레톤 중에서 원거리 공격이 가능한 일부가 성벽 위로 공격을 퍼붓기 시작했다. 위에서 아래를 공격할 땐 더욱 멀리 날아가지만, 아래에서 위를 공격할 땐 아무래도 사정거리가 줄어들 수밖에 없다. 그 탓에 거리가 충분히 가까워진 지금에서야 성벽 위쪽에 공격을 시도할 수 있게 된 것이다.

콰과과광!

성벽 위 유저들이 갑작스러운 공격에 당황하는 사이.

두웅!

예린이 북을 한 번 두드렸다. 속도를 높여 달려간다. 후미에 위치한 이들은 순서를 맞춰 성벽 위를 견제했고 덕분에 앞쪽에 위치한 이들에게 여유가 생겼다. 보다 수월하게 성문과 거리를 좁힐 수 있게 된 것이다.

두웅! 두웅!

순식간에 좌우로 퍼지는 이들. 정확한 명령 체계와 여전히 남아 대신 공격을 맞아주는 스켈레톤들. 둘의 시너지 효과는 상상을 초월했다.

잠시 후.

"후아."

쪽문을 막아서던 스켈레톤이 대부분 죽어버렸을 즈음, 무혁이 뒤로 물러났다.

"왔나?"

성민우가 그를 반겼다.

"어, 생각보다 빡세네."

"그래도 덕분에 성문에 엄청 가까워졌어."

애초 무혁이 생각했던 것보다 더 가까웠다.

"그렇지."

"어때? 이길 거 같냐?"

성민우의 질문에 무혁이 웃었다.

"충분하지, 이 정도면."

이제 다가오는 놈들을 처리하고 조금만 더 나아가면 성문이다. 문을 부수고 내부로 들어가기만 한다면 승리할 확률이 대폭 높아질 것이다.

스윽.

무혁이 손을 들었다.

두둥, 두둥, 두둥!

직후 북이 울렸고 그것은 전원 공격을 의미했다.

"가자고."

"오케이!"

이제, 본격적인 난전에 돌입할 때였다. 무혁은 망설임 없이 앞으로 달려갔다.

파바밧.

그 뒤를 퍼스트 길드원이 따른다. 가장 먼저 적진에 침투한 무혁은 원을 그리며 장검을 크게 휘둘렀다. 쇳소리가 거칠게 울리면서 강력한 손맛이 팔뚝을 타고 올랐다. 그 희열에 절로 미소가 그려졌다.

풍폭, 풍폭, 풍폭……!

쉴 새 없이 풍폭을 사용하면서 날뛰었다.

쾅, 콰과광!

튕겨지는 유저를 쫓아가 검을 꽂아 넣고. 멀어지는 녀석을 향해 화살을 날리고. 먼 거리에 위치한 놈에게 손을 뻗어 죽은 자의 축복을 사용했다. 그즈음 동료들이 따라붙었고 그에 무혁은 잠시 뒤로 물러나 전황을 살폈다.

"후우."

한층 여유로운 표정으로 단검을 뽑아 들었다.

자, 다시 해보자고.

유저 한 명을 노리고 다가갔다. 윈드 스텝으로 가까이 접근해 단검을 휘둘렀고 그것은 갑옷 사이를 꿰뚫었다.

퍼어엉!

풍폭과 크리티컬이 동시에 터졌다.

[붉은 단검에 쌓인 사기가 캐릭터에게 전이됩니다.]
[체력(0.1)이 상승합니다.]

곧바로 바닥을 한 바퀴 구른 후 아직까지도 살아남은 스켈레톤 한 마리의 뒤에 숨었다.

카가각!

스켈레톤이 허무하게 부서졌으나 덕분에 상대방의 타이밍을 늦출 수 있었다. 서둘러 측면으로 이동해 상대의 발을 걸어 넘어뜨린 후 강하게 차버렸다.

"흐읍!"

앞에서 다가오던 적대 유저와 부딪혀 함께 구르는 둘에게 다가가려는 순간.

"이 새끼가……!"

여성스러운 띠를 이마에 휘감은 자가 험상궂은 얼굴을 앞으로 쭈욱 내밀며 다가왔다. 걸렁거리는 어깨만으로도 사내의 평소 성격이 얼마나 방정맞은지 짐작할 수 있었다.

"그 표정은 뭐냐? 어쭈, 감히 내가 기억도 안 난다 이거지?

"……."

"시바알, 최강자전 대회 예선전에서 한 번 싸웠었잖아!"

"그랬나?"

예선전이야 워낙 많은 이가 존재했었으니까.

"나도 최상위 랭커라고! 강준호다, 강준호! 기억해라!"

"알았으니 닥치고 덤벼."

"이 새끼. 너, 내가 후회하게 만들어주마."

강준호가 쇠장갑을 부딪치며 달려들었다. 막을 필요도, 맞서야 할 이유도 없었다.

윈드 스텝, 풍폭.

옆으로 돌아가 단검을 휘둘렀다.

[720의 대미지를 입힙니다.]

[대미지(144)가 반사되었습니다.]

[1,296의 추가 대미지를 입힙니다.]

[대미지(259)가 반사되었습니다.]

그런데 떠오른 메시지에 절로 미간이 찌푸려졌다.

반사 대미지?

그에 득의양양한 듯 크게 웃어젖히는 강준호였다.

"크큭, 어때? 내 반사 대미지가!"

"흐음."

"날 공격해도 HP가 닳고, 나한테 맞아도 닳고! 넌 결국 죽는 거야!"

순간 가속해 거리를 좁힌 강준호가 무혁의 복부를 가격했다.

콰앙!

뒤로 날아간 무혁이 방패로 바닥을 찍어 더 이상 밀려나지 않게 버텼다.

풍폭, 파워대시.

아직 균형조차 되찾지 못한 상태였지만 상관없었다. 자연적인 현상마저 무시하는 움직임. 무서울 정도로 빠르게 쏘아지며 강준호의 가슴에 어깨를 박아버리는 파워대시라는 스킬이 있었으니까.

"뭐, 뭐……!"

어마어마한 대미지가 들어간 탓에 무혁 역시 대미지를 입었지만, 기껏해야 천 정도의 HP가 줄었을 뿐이었다. 그에 반해 강준호는? 아마도 지금 너무 당황스러워 생각이란 단어 자체가 머릿속에서 지워졌으리라.

그렇게 까다롭지도 않네. 어차피 익스체인지도 있으니까.

"후읍!"

곧바로 자세를 잡으며 검을 휘둘렀다.

풍폭, 십자베기.

또다시 어마어마한 대미지가 들어오자 황급히 뒤로 물러서는 강준호였다.

무혁은 단검을 허리춤에 꽂고 일몰하는 장검을 뽑아 들었다.

변형, 풍폭, 강력한 활쏘기.

한 대의 화살이 공간을 가로질렀다.

푸욱.

그대로 강준호의 얼굴에 꽂혀 버렸다.

"어, 어어……."

힘없이 쓰러지더니 이내 희미해졌다. 죽어버린 것이다.

그 자리를 지나치며 장검을 넣고 다시 단검을 꺼냈다. 아직도 사방이 적이었다. 먹음직스러운 녀석들이 사방에서 날뛰고 있었다. 윈드 스텝으로 가까이 접근해 단검을 꽂아 넣었다.

푹, 푸푹.

순식간에 한 놈을 처리하고 다시 이동한다. 거친 전투로 인한 흥분과 실력에 대한 자신감. 부수적으로 얻게 되는 스탯까지. 버티고 또 버텨라. 그래야 이번 길드전을 정말 제대로 된 성장의 기회로 삼을 수 있을 테니까.

[붉은 단검에 쌓인 사기가 캐릭터에게 전이됩니다.]

[민첩(0.1)이 상승합니다.]

"허어."

이제 다음으로 누구를 죽일까 생각하며 주변을 훑어보던 무혁이 동작을 멈췄다. 벌써 상황이 끝나 버린 까닭이었다.

둥!

그 순간 들려오는 북소리에 정신을 차리고 고개를 돌려 성문을 직시했다. 성벽 위에서 쏟아지는 공격들을 피하거나 막아내면서 앞으로 나아갔다. 얼마 남지 않은 거리였던 탓에 순식간에 성문 앞에 당도한 퍼스트 길드였다.

"성문을 부서뜨려!"

거대한 성문에 공격에 집중되었다. 에너지는 생각보다 더디게 줄어들었다. 지금 이 순간에도 성벽 위에서는 공격이 내리꽂히는 상태였다.

[성문 에너지 : 99%]
[성문 에너지 : 75%]
…….

"스킬도 아끼지 마라!"
"단번에 깨뜨려!"
각종 기술이 더해지면서 속도가 붙었다.

[성문 에너지 : 5%]

4%, 3%, 2%, 1%…… 드디어 성문이 부서졌다.

테이큰은 성 내부, 깊은 곳에 위치한 왕좌에 앉아 있었다. 조금 기다리고 있으니 사내 한 명이 속도를 내어 다가왔다.

"길드장님!"

"그래, 상황은?"

"2그룹이 쪽문을 통해 밖으로 나갔습니다. 성문에서 그리 멀지 않은 곳에서 난전 형식으로 싸우고 있다고 합니다."

"난전이라……."

"성벽 위에서 꾸준히 도와주곤 있는데, 아무래도 난전이라 강한 스킬을 사용하는 건 좀 어렵기도 하고요. 해서 상황이……."

"좋지 않다?"

"예."

테이큰이 의자의 팔걸이를 강하게 쥐었다.

"나가봐. 변화 생기면 보고하고."

"알겠습니다."

사내가 나가고 얼마 지나지 않아 헐레벌떡 거친 숨을 뱉어 내며 다시금 달려왔다.

"뭐야?"

"서, 성문이 부서졌습니다!"

"뭐라고……?"

"성벽에 있던 길드원도 전부 내려와서 다시 접전이 펼쳐지고 있습니다!"

"로즈랑 나머지 녀석들은?"

"로즈 님은 성문 앞에서 대기 중이고 최상위 랭커들은 실력자 200명과 함께 이곳으로 오는 길목을 지키는 중입니다."

테이큰이 미간을 찌푸렸다. 길목을 지키는 최상위 랭커들을 전장으로 보내자니 혹시 모를 사태가 상상되어 꺼림칙하고, 보내지 말자니 로즈를 비롯한 성 내부에 있는 길드원이 모두 죽어버릴 것 같아서 걱정이 되었다.

"5조."

"예?"

"최상위 랭커 다섯에 그 아래 실력자 100명만 남기고 나머진 전부 입구로 보내."

"알겠습니다!"

사내가 빠르게 뛰어갔다. 10분은 지났을까. 그가 다시 돌아와 보고를 올렸다.

"로, 로즈 님을 비롯한 최상위 랭커, 성벽 위를 지키는 길드원 전원……."

뒷말이 절로 상상이 된다.

"사망했습니다."

그리고 그 상상이 현실이 되었다.

"……."

하지만 아직은 가능성이 있을지도 모른다. 105명의 인원이 오는 길을 막고 있을 테니까. 무려 최상위 랭커 5명이 포함된 상태다. 절대로 뚫는 게 쉬울 순 없을 것이다. 이곳까지 오면서 입은 피해는 그들 역시 결코 적지 않을 테니까.

"놈들 피해는?"

"그, 그게……."

망설이던 사내가 말을 이어갔다.

"아주 미미한 편입니다."

"뭐라고?"

테이큰은 자신이 잘못 들었다고 판단했다.

"미미한……."

"정확한 수치로."

"퍼, 퍼스트 측 피해는 대략 500명입니다!"

"500, 겨우 500명……?"

"예……!"

"어째서?"

"스, 스켈레톤이 대부분의 공격을 대신 받아버리는 바람에……."

잘못 들은 게 아니었다. 그럼에도 불구하고 믿을 수가 없었다. 아니, 믿고 싶지 않았다. 이런 압도적인 패배는 인정할 수 없었다.

"가서 다시 상황 보고 와라."

"알겠습니다!"

하지만 사내는 다시 돌아오지 않았다. 정확하게는 '돌아오지 못했다'라고 해야겠지만.

잠시 후. 퍼스트 길드는 길목을 막아서는 놈들을 상대로도 생각보다 적은 피해를 입었다. 무혁과 성민우, 기사단장, 그리고 성기사 10명에서 최상위 랭커 5명을 전담한 덕분이었다. 나머지 100명이 아무리 실력자라고 해봐야 NPC 1,000명 이상을 상대로 버틸 순 없었다.

"후, 이제 마지막인가?"

"크, 생각보다 쉽잖아?"

"전략이 좋았지."

"하긴, 북소리에 따라서 움직이는 거 보니까 멋있긴 하더라."

텅 비어버린 길을 한참 걸어서 등장한 작은 성. 긴 복도의 끝에 하나의 의자. 그곳에 놈이 앉아 있었다. 무혁이 덤덤한 표정으로 다가가며 장검을 뽑아 들었다.

"내려와야지?"

"네가 그럴 자격이 있다고 생각하는 건가?"

"뭐, 너보다는?"

"한 번 이겼다고 우쭐대기는. 기껏해야……"

헤밀 제국에서 보낸 NPC들의 도움 덕분이 아닌가. 테이큰은 그 말을 애써 삼켰다.

"알았으니까 내려와."

"내려봐, 직접."

결국 직접 손을 써야 할 모양이었다.

변형, 풍폭, 강력한 활쏘기.

시위에 화살을 걸고 왕좌에 앉은 놈의 머리를 노렸다.

파아앙!

공격은 생각보다 쉽게 막혀 버렸다. 테이큰이 화살의 몸통을 잡아버린 것이다.

흐음……?

무혁의 눈이 살짝 떨렸다. 그래도 나름 한 길드의 수장이라 이거지?

멀티샷, 풍폭, 풍폭, 풍폭…….

화살 다섯 대에 풍폭의 기운이 서렸다. 공간을 격하고 날아간 화살은 각기 다른 궤도를 그리며 뻗어나갔다. 그러나 분명한 것은 모든 화살이 테이큰을 노리고 있다는 사실이었다.

테이큰은 차갑게 가라앉은 시선으로 날아오는 화살을 쳐다보다가 한순간 양팔을 가볍게 휘둘렀다. 그러자 다섯 대의 화살 전부가 그의 손 안에 놓여 버렸다.

펑, 퍼버버벙!

그렇다고 대미지를 입지 않은 건 아니었다. 풍폭이 터지면서 어마어마한 HP를 깎아먹었다.

"후읍……!"

잠깐 놀란 모양이지만 이내 덤덤한 표정을 유지하며 무혁을 쳐다보는 테이큰이었다. 지금 상황에서 아무리 발악해 봐야 이길 수 없다는 사실을 알고 있기 때문이었다. 그렇다고 쉽게 포기하겠다는 눈빛 역시 아니었다. 집념이라고까지 할 수 있는 강한 기세가 그에게서 느껴졌다. 그 기세는 결코 폭발적이진 않았다. 다만 잔잔하게 퍼지면서 주변 공간을 천천히 잠식할 뿐이었다. 묵직하게 내려앉은 기운. 어깨를 짓누르는 그 힘에 활이 들린 손을 아래로 늘어뜨렸다.

저벅.

걸음을 내디디며 활을 지팡이로, 다시 검으로 변형했다.

강해.

전투적인 의미로든, 정신적인 의미로든 테이큰은 분명 강한 상대였다. 악연으로 이어졌고, 또 앞으로도 이어질 가능성이 매우 높았지만, 지금은 제대로 상대를 해주기로 했다.

윈드 스텝.

전력을 다해 놈을 꺾으리라.

치열한 전투 이후, 왕좌에 앉은 건 무혁이었다.

무혁이 왕좌에 앉는 순간.

[왕좌를 차지하셨습니다.]
[퍼스트 길드와 파라독스 길드 간의 전쟁이 종료됩니다.]
[퍼스트 길드가 승리했습니다.]
[승리 보상으로 극대량의 경험치를 획득합니다.]
[레벨이 상승합니다.]
[길드전 공헌도를 체크합니다.]
[공헌도에 따라 경험치를 획득합니다.]
[레벨이 상승합니다.]
[승리 보상으로 파라독스 길드의 자금, 30퍼센트를 습득합니다.]
[자금이 퍼스트 길드 자금 창고로 이동됩니다.]

[30초 뒤, 길드전 영역에서 벗어납니다.]

떠오른 메시지에 미소를 머금었다.

"모두 고생했어요."

"고생은요."

"그래도, 아시죠? 이제 시작이란 걸."

파라독스 길드를 무너뜨려야 한다. 무혁은 악연을 끊기 위해, NPC들은 헤밀 제국의 명예를 위해.

"물론입니다."

"다행이네요. 그리고 단장님."

"예."

"나가게 되면 전처럼 100명씩 나눠서 길드 관리소로 보내주세요."

"알겠습니다."

"어, 민우는 조폭 네크로맨서들 좀 불러주고."

"오케이."

"그럼 나가서들 봅시다."

⋯⋯5, 4, 3, 2, 1.

빛과 함께 전원이 본래 있던 장소로 돌아갔다.

"후우."

눈을 뜨기도 전부터 무혁은 자신을 쳐다보는 다수의 시선을 느꼈다.

아, 감옥인가? 확인해 보니 정말로 감옥이었다.

"어, 너, 너……."

"졌지? 진 거지? 너, 이 새끼. 이제 앞으로 우리한테 죽을 줄 알아!"

"이거부터 풀어!"

무혁의 입꼬리가 올라갔다. 서둘러 품에서 주문서를 꺼낸 후 찢었다. 숭고한 전투 주문서.

"너, 너, 또, 왜……!"

"길드전 끝났잖아? 안 그래……?"

"너, 너희들 졌잖아! 아냐? 아니냐고!"

"우리가 이겼을 거야, 무조건!"

무혁은 무시한 채 단검을 꺼냈다.

풍폭.

한 명씩 차례대로 죽여 나갔다.

[붉은 단검에 쌓인 사기가 캐릭터에게 전이됩니다.]
[체력(0.1)이 상승합니다.]

전부 처리하고 스탯을 확인했다.

힘 : 181 / 민첩 : 143 / 체력 : 156

지식 : 94 / 지혜 133

파라독스와 얽히기 전과는 비교할 수 없을 정도로 성장한 상태였다. 각 스탯당 최소 10개 이상씩은 올라 버렸으니까.

아마 파라독스와 길드전을 하는 동안에도 스탯은 꾸준히 성장하리라. 놈들과의 악연을 완벽하게 끝내는 날. 스탯이 몇 까지 올라가 있을까?

그날을 상상하며 감옥을 벗어났다.

제3장
정비

퍼스트 길드를 해체하고 세컨드 길드를 설립했다.

"최선을 다하겠습니다, 주군!"

길드장은 전과 같이 도란이 맡았다. 이후 차례대로 헤밀 제국의 NPC들을 길드에 가입시켰다. 덕분에 오늘도 카호메르가 꽤나 고생을 해야만 했다.

"이, 이제 끝이죠……?"

"그런 거 같네요. 수고했어요."

"수, 수고는요, 뭘."

이마에서 흐르는 땀을 닦으며 카호메르가 안도의 한숨을 내뱉었다.

"저, 촌장님. 전 그럼……."

"아, 한 가지 또 해줘야 할 게 있네요."

"네? 서, 설마……!"

"네, 파라독스 길드와 전쟁을 할 겁니다. 전과 마찬가지로 3일 뒤. 오늘 안으로 소식이 전해지도록 해주세요."

이미 한 번 놈들을 상대로 이긴 전적이 있기에 카호메르는 전처럼 호들갑을 떨진 않았다.

"알겠습니다."

"수고하세요."

인사를 하고 길드 관리소에서 나온 무혁은 기다리는 성민우와 조폭 네크로맨서 유저들을 발견했다.

"어, 나왔나?"

"오래 기다렸어?"

"5분 정도."

고개를 끄덕이며 유저들을 쳐다봤다.

"오늘 전쟁, 정말 고생하셨습니다."

"뭘요."

"재밌었어요."

"근데 퀘스트 완료가 안 되셨죠?"

"아, 네."

"맞아요, 그게 좀 궁금하긴 했어요."

무혁이 웃으며 말을 이어갔다.

"실은 길드전을 몇 번 더 치를 예정이거든요."

"네……?"

"어, 다른 길드하고요?"

"아뇨."

"그럼……?"

"파라독스 길드하고 또 길드전을 치를 거예요."

"파라독스요?"

"어, 음, 그게 가능해요?"

퍼스트 길드로는 신청이 불가능하지만 해체하고 새로운 길드로 신청하면 가능하다. 이건 길드전 콘텐츠가 나온 초기에만 사용할 수 있는 일종의 편법이었다.

"네, 가능하더라고요."

결국 조폭 네크로맨서 유저들의 퀘스트는 무혁이 멈춰야만 끝이 날 것이다. 사실을 깨달은 유저들이 당황한 표정을 지었다.

"그렇게 오래 걸리진 않을 거예요. 길어야 3주 정도."

"으음, 그렇다면야……."

"전 괜찮은 것 같네요. 경험치도 짭짤했고요. 보상금도 나누실 예정이라고 들었는데……."

"맞아요. 나눠야죠."

"그럼 그것만 해도 꽤 클 거 같기도 하고……. 아무튼, 전 좋아요."

"으음. 저도 뭐, 강제 퀘스트니 해야죠."

"파라독스 새끼들, 완전 바를 수 있어서 재밌던데요? 계속 용병으로 참여할게요!"

"저도요!"

이유는 달랐지만, 대부분이 납득하는 표정이었다.

"다들 고맙습니다. 스승님께는 보상 제대로 주라고 꼭 언급할게요."

보상이란 단어에 모두 눈을 빛냈다.

"오오, 역시 무혁 님!"

"최곱니다!"

"그럼 앞으로 남은 길드전도 잘 부탁드립니다."

"걱정 마세요!"

"참, 그러면 계속 용병으로 참여하면 되는 거죠?"

"네, 아무래도 퀘스트 내용이 용병이니까요."

"알겠습니다!"

얼추 해결은 된 것 같았다.

후, 그럼 이제…….

승리를 자축할 때였다.

"오늘은 제가 아주 제대로 된 요리를 만들어 드리죠."

옆에 있던 성민우가 끼어들었다.

"뭐야, 설마 축제냐?"

"그래, 축제다."

"크, 좋지! 여러분! 오늘 축제가 열린답니다!"

"오오!"

파라독스 길드를 상대로 이긴 건 분명 자랑할 만한 대사건 이었으니까.

같은 시각. 일루전 홈페이지는 또 한 번 뜨겁게 타올랐다.

[제목 : 퍼스트 길드 vs 파라독스 길드]

길드전 영상 때문이었다.

   └ 그냥 대박이네요…….

   └ ㅇㅈ, 이건 리얼 ㅇㅈ

   └ 길드전에서 제일 좋은 게 소환계열 직업이었군요. 힘들게 노가다
만 하고 실력은 없어서 쥐어 터지던 소환 계열 직업군이여, 일어나라!

   └ 꼭 그런 건 아니에요. 저기 나오는 조폭 네크로맨서들은 하나같
이 이름이 꽤 알려진 유저들이네요.

   └ 한마디로 실력에 자신 있는 유저만 모여서 스켈레톤을 소환해 버
렸다?

   └ 그렇죠. 그러니 강할 수밖에요ㅋㅋ

   └ 무혁 님 스켈레톤이 그래도 압도적이긴 하네요.

   └ 넘사벽이죠…….

   └ ㅋㅋㅋㅋ 그것도 그런데, 결국 파라독스 졌네요ㅋㅋㅋ

   └ 병신들임ㅋ 재수 없었는데 잘됐음.

   └ 솔직히 무혁 님이 발릴 거라고 생각했는데…….

   └ 무혁 님은 진짜 끝이 어디인지…….

   └ 저 용병들? 유저? NPC인가? 아무튼 저 사람들은 도대체 또 어
디서 부른 거냐고ㅋㅋㅋ

   └ 거대 길드장들, 보고 있나? 앞으로 깝치지 마라, 우리 무혁 님한테!

   └ ㅇㅈ…….

   └ ㅋㅋㅋㅋㅋㅋㅋ

이 정도로 이슈가 될 가치가 있었다.

압도적인 물량. 거기서 파생된 강력한 파워는 영상만으로도 제대로 느낄 수 있었으니까. 무엇보다도 들어보지도 못했던 이들을 데리고 파라독스 길드와 전쟁을 치렀고, 또 승리해 버리면서 많은 이가 희열을 느끼고 있었다. 일종의 대리만족이라고 볼 수 있었다.

그런데 그보다 더 큰 이슈를 불러 모은 게 있었다.

[제목 : 무혁 vs 파라독스 길드장]

무혁과 테이큰의 대결 영상이 바로 그 주인공이었다.
영상의 시작은 무혁의 목소리부터였다.

-내려와야지?

이어진 서로 간의 대화, 시선 교환, 그리고 시작된 기 싸움. 화살을 날리는 무혁의 모습과 그걸 막아내는 테이큰.
쿠우웅!
곧이어 제대로 눈으로 좇기도 어려운 움직임으로 서로를 공격하고 피하고 막아내기를 반복했다. 폭발하고 찢어지고 부서졌지만 둘만큼은 멀쩡했다. 최상위 랭커의 실력에 조금도 부끄럽지 않은 실력이었다.

└ 와, 미쳤다······.

　└ 저 팬티 좀······ㅠㅠ

　　└ 지렸나요?

　　　└ 네.

　　　└ 저도요ㅋㅋㅋㅋ

　└ 아니, 근데 어떻게 저리 싸우죠?

　└ 레벨을 떠나서 도대체 어떻게 성장을 했기에······.

　└ 언젠간 우리도 저렇게 되겠죠?ㅋㅋ

　└ 네, 뭐. 언젠가는? 어쩌면 안 될 수도······.

　둘의 전투는 1만 마리의 스켈레톤이 나타났을 때의 감탄보다, 성벽 위에서 내리꽂히는 압도적인 마법보다, 적군을 정확하게 노리는 냉철한 화살보다, 드넓은 초원에서 부딪힌 장엄한 규모의 전투보다도 더욱 강렬했다.

　콰아앙!

　이윽고 극에 달한 싸움. 모두의 시선을 빼앗을 수밖에 없는 놀라운 수준이었지만 이 동영상의 가장 하이라이트는 의외로 싸움이 끝난 마지막 부분이 있다.

　└ 크, 마지막 부분은 진짜······ㅠㅠ

　　└ 개쩔죠?

　　　└ 네, 반복해서 보는 중이에요ㄷㄷ

└ 저도 소름이……!

└ 뭐랄까, 객관적으로 보면 별거 아닌데 과정을 알아서 그런지 몰입됨!

└ 그냥 압도적임!ㅋㅋ

거친 숨을 내뱉는 무혁.

-후읍, 후아…….

그 아래 쓰러진 테이큰이 보이고.

스윽.

고개를 숙여 희미하게 사라지는 그를 바라보다 천천히 정면을 직시한다. 그곳에 위치한 왕좌, 억눌린 침묵이 이어지는 가운데.

저벅.

무혁이 발걸음을 옮겼다.

└ 캬, 여기부터죠?

└ 맞아요. 드디어 왕좌 앞에 도착했네요.

└ 오오, 몸 돌리고……!

└ 완전 자연스럽게 착석합니다요! 멋있다……!

└ 등 깊게 파묻는 거 보세요.

└ 저 눈빛에 은은한 미소까지 ㄷㄷㄷ

└ **진짜 왕처럼 보이네요ㅎㅎ**

지금 이 순간만큼은 좌중을 압도하고 있었다.

　　　　　　　　　　◉

조금 멍한 상태의 테이큰을 바라보며 길드원 한 명이 헐레벌떡 뛰어갔다.

"저, 저기. 길드장님?"

그가 고개만 들어 길드원을 바라봤다.

"어, 그러니까……."

"……."

"저, 저기……."

"할 말이 있으면 해라."

길드원이 눈을 질끈 감고 외쳤다.

"세, 세컨드 길드라는 곳에서 길드전 신청이 들어왔습니다!"

테이큰의 미간이 꿈틀거렸다. 이내 얼굴이 붉어지고.

"한 번 길드전에서 지고 나니까 듣보잡 녀석들이 연이어 덤비는군."

"그, 그게 아니라……."

"그게 아니면?"

"칼럼 마을에서 오늘 창설된 길드라고 합니다!"

그제야 무슨 말인지 이해가 되었다.

"설마……?"

"퍼, 퍼스트 길드는 해체되었고 세컨드 길드가 창설되었습니다. 그래서 같은 길드가 아니라는 이유로 길드전 신청이 수락된 모양입니다."

"이 미친 새끼들이!"

흐리멍덩한 눈동자가 사라지고 대신 활활 타오르는 시선이 그 자리를 차지했다.

"3일 뒤겠지?"

"예……!"

"그래, 이번엔 무조건 이긴다. 철저하게 준비해!"

"아, 알겠습니다!"

하지만 이미 파라독스 길드 내부는 갈등과 혼란에 휩싸인 상태였다. 아직은 묵묵히 참아내는 이가 대부분이었지만 시간이 흐를수록 길드원 간의 분쟁 역시 더욱 깊어지리라.

그렇게 3일이 흘렀다.

일루전TV를 다시 틀기 시작한 지도 벌써 3일째. 그사이 마을 건축 계획을 세우고 전사, 궁수 길드장을 헤밀 제국에 요청했다. 여관을 늘렸고 각종 건물도 세웠다. 아이템 강화를 꾸준히 이어갔고 틈틈이 사냥도 나섰다. 기사단장에게 주문서를 빌려 감옥에서 스탯도 올렸다. 마을 키우랴, 사냥하랴, 강화하랴, 감옥가랴. 정말 몸이 두 개라도 남아나지 않는 시간을 보냈다.

이러한 모든 것들이 파라독스 길드에게 전해지겠지만 개의치 않았다. 이미 그들과의 첫 번째 전쟁에서 실력으로 압도했기 때문이었다. 게다가 그들은 페널티로 스탯까지 떨어진 상태. 이번 두 번째 전쟁 역시 패배할 수밖에 없으리라. 그렇게 페널티가 중첩될수록 그들은 혼란의 도가니에서 허우적거리게 될 것이다.

"후, 시간 진짜 빨리 지나가네. 이제 1시간만 흐르면 또 길드전이잖아?"

"바빠서 그렇지, 뭐."

"진짜 엄청나게 바쁘긴 했지. 근데 파라독스 그놈들 이번에도 패배하면 난리 나겠지?"

"난리 정도가 아니라 반 정도는 미칠걸?"

성민우와 크큭거리며 웃고 있을 때 예린이 다가왔다.

"오빠, 오빠!"

"응?"

"나 오늘도 북 치면 되지?"

"그러면 좋지. 전에 너무 잘해줘서. 혹시라도 싸우고 싶으면……."

"아냐, 아냐. 그런 대규모 전투는 좀 그래."

"그래, 그럼 오늘도 잘 부탁할게."

"헤헤, 웅!"

대화를 충분히 나누고 감옥으로 향했다. 저벅거리는 발걸음 소리에 맞춰 고함이 터져 나왔다.

물론 전과는 다른 의미로.

"형님, 한 번만 살려주십쇼!"

"파라독스 길드 탈퇴했습니다, 저! 탈퇴했다구요!"

"저도요, 저도!"

"제발, 제발 좀 살려주세요!"

"저는 무혁 님 길드에 가입하고 싶습니다!"

그들의 외침을 무시한 채 단검을 휘둘렀다.

[붉은 단검에 쌓인 사기가 캐릭터에게 전이됩니다.]

[지식(0.1)이 상승합니다.]

저들로 인해 오르는 스탯이 아직은 너무 달콤했으니까.

후, 다 죽었네.

마침 길드전이 시작된다는 메시지가 떠오르고,

3, 2, 1.

빛과 함께 전쟁이 치러질 공간으로 이동되었다.

"자, 지난번처럼 오늘도 쓸어봅시다!"

"좋죠!"

"가자, 으라차차차!"

소환수 1만 마리가 나타나 초원을 누볐다. 북소리에 딱딱 맞춰 움직이는 모습은 오늘도 장관이었다. 무혁은 일부 소환수와 함께 쪽문에서 나오는 파라독스 측 유저들을 상대했다. 전과 같은 전략을 사용하고 있었지만 파라독스 측은 막아내지 못했다.

콰아아앙!

순식간에 성문까지 당도했고, 문을 콰지직 부서뜨린 후 내부로 들어섰다.

"뭐야, 왜 이렇게 싱거워?"

"진짜 별거 없네."

파라독스 길드 측은 이미 전의를 상실한 상태였다. 성내에 위치한 이들을 처리하고 왕좌로 향했다. 처음과 달리 테이큰은 최상위 랭커들과 함께 자리를 지키고 있었다.

뭐, 그래도 달라질 건 없겠지만.

궁병과 마법사 NPC들의 공격이 퍼부어졌다.

콰과과광!

확실히 최상위 랭커라 그런지 움직임이 범상치 않았다. 피할 수 있는 건 모두 피했고 절대 피할 수 없을 경우에만, 방패를 내세워 방어에 집중했다. 뒤에 위치한 사제 다수가 힐까지 집중적으로 넣어주니 쉽게 죽지도 않았다.

"호오."

저들이 뭉치니 생각 이상으로 강했다. 물론 크게 걱정하진 않았다. 이럴 경우, 사제부터 처리하면 그만이었으니까.

압도적인 숫자로 우위를 점한 상태였기에 무혁은 자유롭게 그들에게 다가갔다.

윈드 스텝, 뒤이어 파워대시까지.

콰아앙!

어느새 사제의 무리로 몸을 비집어 넣은 무혁은 HP가 낮은 그들을 학살했다.

"젠장……!"

"이 새끼들아!"

사제가 없는 최상위 랭커는 그리 무섭지 않았다. 그들을 모두 처리하고 마지막으로 남은 테이큰을 죽였다.

이겼다. 이번에도 무혁이 왕좌를 차지했다.

패배하는 순간 테이큰은 눈을 감았다.

"하아……"

한숨을 뱉은 후 눈을 뜨자 홀로그램이 보였다.

[본래의 장소로 돌아왔습니다.]
[왕좌를 빼앗겼습니다.]
[세컨드 길드와 파라독스 길드 간의 전쟁이 종료됩니다.]
[파라독스 길드가 패배했습니다.]
[패배로 인한 페널티(모든 스탯 10퍼센트 하락)를 받으며, 2주간 지속됩니다.]

[페널티가 중첩되었습니다.]

[길드원의 레벨을 토대로 보유 자금을 체크합니다.]

[자금의 30퍼센트를 세컨드 길드에게 전달합니다.]

두 번째 패배였다.

길드원이 일부 탈퇴를 해버리기도 했고, 또 스탯이 10퍼센트나 떨어지면서 전체적인 전력이 줄어버렸다. 의뢰금을 올려 용병을 끌어모으려고 해봤지만, 이상하게 첫 번째 전쟁보다 더 관심을 보이지 않았다.

그 탓에 허탈하게 두 번째 전쟁까지 져버렸다. 아마 이번 패배로 파라독스의 규모는 조금 더 축소되리라.

내가, 어떻게 키운 건데⋯⋯!

이대로 있을 순 없었다. 또 길드전을 신청하겠지. 용병은 답이 없다. 길드원도 혼란스러워하는 상황이고.

어쩔 수 없어. 이젠 백작에게 부탁을 하는 수밖에.

"잠깐 백작에게 다녀오겠다."

그 말에 어깨를 늘어뜨리고 있던 길드원들이 고개를 들었다.

"아⋯⋯!"

"백작한테 부탁하시려고요?"

"그래, 이대로 있을 순 없으니까."

"오오⋯⋯!"

"잘 생각하셨습니다!"

모두 한 줄기 희망을 발견한 듯 눈을 반짝였다.

"30분 정도면 될 테니, 대기하도록."

"예!"

헤밀 제국으로 향한 테이큰이 성내로 들어섰다. 알고 지내던 백작을 만나 힘을 빌려달라고 요청했으나 그는 난감한 기색을 보였다.

"흐음, 내가 지금 아뮤르 공작에게 견제를 당하고 있어서 말이야."

"그 말씀은……?"

"아무래도 도와주기가 어렵겠어."

"그런……!"

"이 정도는 혼자 해결해야지. 그래야 함께하는 의미가 있지 않겠나?"

테이큰이 어금니를 깨물었다.

꽈아악.

절로 주먹에 힘이 들어갔다. 당장 눈앞에 있는 백작을 죽여버리고 싶었지만, 그랬다가는 헤밀 제국의 공적이 되어 평생 도망만 쳐야 하는 신세에 놓이게 될지도 모른다.

개 같은 자식.

자리에서 일어난 테이큰이 인사도 없이 집무실을 빠져나갔다.

"큭, 버릇없는 새끼."

백작의 목소리가 들렸으나 무시했다. 그보다는 길드원들에게 이 사실을 알려 한다는 사실이 못내 고통스러웠다.

하아…….

이내 표정을 가다듬고 거처로 돌아갔다.

"오셨습니까!"

"길드장님, 결과는……?"

쏟아지는 질문에 입을 다물었다. 그에 조용해졌고.

"도움을 받기는 어려울 것 같다."

그 말에 실망감이 전신을 덮쳐 왔다.

"그, 그런……!"

일말의 희망 이후 맛보게 되는 절망감은 보다 깊은 상실을 안겨준다. 그 사실을 이미 알고 있는 테이큰이었기에 굳게 입을 다물었다. 지금은 어떤 말을 해도 저 상실을 결코 채울 수 없을 테니까.

동시에 직감했다. 세 번째 전쟁도, 네 번째 전쟁도 패배하게 될 것임을.

"저기, 길드장님. 차라리 길드를 해체시키는 게……."

"그건 용납하지 못한다."

"……."

"탈퇴를 하려거든 해라. 말리지 않겠다."

대신 탈퇴한 자들의 얼굴은 절대 잊지 않을 것이다. 파라독스 길드의 모토. 당한 것은 수천 배로 되돌려 주는 것, 그 시작은 테이큰이었으니까.

일루전TV를 통해 무혁이 세컨드 길드를 만들어 파라독스 길드와 전쟁을 했음이 드러났다.

└크, 역시 멋있네요.
└멋있긴 한데, 좀 껄끄럽기도 하군요.
└껄끄럽다뇨?
└음, 시스템적으로 문제가 보인다고 해야 될까요?
└ㅇㅇ?
└조금, 아니 좀 심각하게 일방적이긴 하죠.
└ㅇㅇ, 맞음. 이러면 거대 길드가 마음만 먹으면 중간 규모 길드 완전 해체시켜 버릴 수도 있는 거잖아요. 실제로 그런 일이 발생하면 중간 규모 길드는 다 털리고 빈털터리 되서 길드 해체해야 할지도 모르죠. 이거 시스템적으로 너무 강한 길드에만 힘이 쏠린 것 같아요.
└맞아요. 이대로 둘 문제가 아닌 듯.
└운영진한테 건의 좀 해야겠네요.
└저도ㅋㅋ

운영진 역시 지금 사태의 문제점을 파악한 상태였다. 하지만 게임 내부에 개입해서 시스템적으로 수정을 하려면 상당한 시일이 소요되게 마련. 그사이 무혁은 세 번째 길드를 만들어 다시 한번 파라독스와 전쟁을 치렀다.

압도적인 승리. 네 번째 길드를 설립해 또다시 길드전을 치렀다. 처참할 정도로 파라독스를 짓밟았다.

└음, 무슨 일인지는 모르지만 좀 심하네요.

└심하긴요ㅋㅋㅋㅋ

└전혀 안 심함.

└ㅇㅇ, 알고 보면 안 심해요. 파라독스 새끼들, 워낙에 더러운 놈들이라.

└흠, 저도 알긴 아는데 근데 과해 보이긴 합니다ㅋㅋ 조금 불쌍하기도 하고, 뭐 그러네요.

└벌은 충분히 받았다, 이건가요?

└헛소리들 하시네요. 제가 파라독스한테 당해서 길드 해체된 당사자입니다. 그 새끼들은 조금 더 당할 필요가 있어요! 지금 다시 생각해봐도 기분 ㅈ같네요, 진짜.

└저도 당사자예요. 모르면 다무세요.

└아니, 뭐. 결국은 님들이 약해서 당한 거잖아요?

└무슨……!

└일루전이 다 그런 거지, 뭘.

└하, 어이가 없네요.

└헙, 싸우지들 마세요ㅠㅠ

논란과는 상관없이 전투는 다시 벌어졌다.

다섯 번째. 결국 그 싸움에서조차 패배했을 때.

"길드를, 해체하겠다."

테이큰이 굳게 다물고 있던 입을 열었다. 더 이상 버틸 수가 없었다. 페널티로 스탯이 10퍼센트씩 하락하는데, 그게 현재 다섯 번이나 중첩이 된 상태였다. 사냥도 제대로 이뤄지지 않았고 성장도 멈춰 버렸다. 길드전에만 신경을 쓰느라 스트레스까지 쌓여 신경도 날카로워졌고. 무엇보다…… 이제 남은 길드원이 많지 않았다.

"그동안 수고했다."

"길드장님……!"

"진짜 이렇게 끝내는 겁니까!"

"복수해야죠!"

"시바, 내가 왜 지금까지 여기 있었는데!"

그들의 외침이 가슴에 꽂혔다.

잠시 침묵한 테이큰, 그가 남은 길드원을 두 눈에 담았다.

그래, 틀리지 않았어.

무혁에게 지면서 길드를 해체하기에 이르렀지만, 테이큰의 표정엔 한 점의 후회도 보이지 않았다. 버티기 위해 깡다구로 무장했고 무시당하지 않기 위해 상대를 짓눌렀다. 남들을 짓밟고 일어서야 더 높게 올라선다는 것은 현실이나 일루전이나 다름이 없었다. 그 사실을 알기에 보다 철저하게, 보다 냉혹하게 즐겨왔다.

그러다 결국 보다 강한 자에게 짓밟힌 것이다. 그래, 단지 그러했을 뿐이었다. 모두가 그러하듯. 그저 그런 일을 당했을 뿐인 것이다. 힘이 없기에. 그 녀석보다 약하기에.

당연한 거지. 테이큰은 그렇게 받아들였다. 내가 더 강해지면

될 일. 한동안은 소수의 인원으로 사냥에만 집중하기로 했다.

"이 새끼들아, 입 다물어."

"길드장님……?"

"난 소수로만 움직일 거다."

"아……!"

"미치도록 사냥만 할 거다."

훗날 충분히 강해졌을 때 다시 모습을 드러낼 것이다.

"버틸 수 있는 새끼만 따라와라."

그땐, 누구에게도 패배하지 않으리라.

파라독스 길드가 해체되었다는 소식이 들려왔다.

"후, 드디어 끝났네."

"고생했다, 진짜."

"너도. 그리고 파라독스 새끼들, 이제 우리한테 시비 안 걸겠지?"

"이렇게 당했는데 걸겠냐?"

"하긴. 크큭, 아, 근데 좀 아쉽다. 레벨이 잘 올라서 재밌었거든."

"그래?"

"어, 사냥보다 좋더라."

길드전 준비는 버겁지만, 그 보상은 확실했다. 하지만 패배할 경우의 리스크 역시 크기에 함부로 길드전에 올인할 순 없는 일이었다.

"그렇다고 계속 하고 싶다는 건 아니고."

"음?"

"더럽게 빡세잖아."

"그렇지."

그리고 이젠 헤밀 제국에서 온 NPC들도 떠나보내야 했기에 도움을 받을 수도 없었다. 그건 용병으로 참여한 조폭 네크로맨서 유저 또한 마찬가지였고. 길드전은 여기까지다.

무혁이 앞장서서 걸어가며 말했다.

"이젠 마을이나 키우면서 느긋하게 사냥하자고."

"겨우? 던전도 좀 찾아보고 보스 몬스터도 잡으러 돌아다녀야지. 그리고 탑도!"

"탑?"

"어, 카이온 대륙에 있는 탑은 초창기에 나왔는데 아직도 안 깨졌다고 하더만, 지금도 랭커들이 수시로 도전한다던데? 그거 보니까 완전 부럽더라. 뭔가 계속 할 수 있는 콘텐츠가 존재한다는 거잖아."

카이온 대륙의 탑. 초창기.

그 단어만으로도 한 가지 탑이 떠올랐다.

"아아, 50층짜리 죽음의 탑?"

"어, 알고 있네?"

"그 정도야, 뭐."

과거에도 분명 어려워서 애를 먹었다는 이야기는 들었다. 하지만 대륙간의 길이 열리기 전에 클리어가 되면서 포르마 대륙의 유저는 한 번도 경험하지 못한 것으로 기억한다.

뭐, 난 동영상으로 많이 봤지만.

덕분에 공략법도 꽤 알고 있었다. 의미는 없겠지만.

"1층부터 그렇게 난이도가 높다던데?"

"어렵겠지. 근데 탑은 갑자기 왜?"

"포르마 대륙은 탑이 잘 안 나오잖아. 그냥 아쉬워서."

"흐음……."

순간 한 가지 생각이 스치듯 지나갔다.

그러고 보니……!

이 시기에 탑 하나가 오픈된 것 같기는 했다. 기억은 흐릿했지만, 나오자마자 클리어가 되었던가? 임팩트가 부족했을지도. 아니면 다른 이유라도 있는 걸까?

좀처럼 기억이 떠오르지 않았다. 그래서 더 궁금했다.

하, 도대체 뭐지?

이건 조금 더 고민해 볼 가치가 있는 문제였다.

"뭐야, 뭐가 그렇게 심각해?"

"어? 아니, 아무것도."

그래, 일단은 정리부터 하자.

무혁은 서둘러 기사단장을 찾아갔다.

"계셨네요."

"아, 부길드장님."

"소식은 들으셨어요?"

"소식이라면······?"

"파라독스 길드, 해체했다고 하더군요."

"그렇습니까?"

"덤덤하시네요."

"대충 예상은 하고 있었으니까요. 아무튼, 이제 끝이군요."

"네."

"좋은 경험이었습니다."

"저도요."

"저희는 이만 돌아갈 준비를 해야겠습니다."

"벌써요?"

"네, 해야 할 일이 많거든요."

무혁이 고개를 끄덕였다.

"공작님께는 곧 찾아뵙겠다고 전해주세요."

"알겠습니다."

"참, 감옥에 있는 녀석들도 데리고 가셔야죠?"

"그래야죠."

그와 인사를 마치고 헤어진 무혁은 마침 멀지 않은 곳에 위치한 조폭 네크로맨서 유저들을 찾아갔다.

"여기 계셨네요. 다들 고생하셨어요."

"힘들긴 했는데 보상이 좋아서 재밌었습니다."

"돌아가면 퀘스트 완료 보상도 줄 테고······."

"크, 생각만 해도 좋네요. 몇 분 전에 퀘스트가 완료되었다고 떴을 때 얼마나 놀랐는지."

그에 무혁이 웃었다.

"다들 좋은 보상 받길 바랄게요. 다음에 인연이 되면 또 뵙죠."

"네, 그럼 가보겠습니다!"

인사를 마친 조폭 네크로맨서 유저들은 보상을 받기 위해 발시언 영감에게로 향했다. 그즈음, NPC들이 무구를 가지고 왔다.

"빌려주셔서 고마웠습니다."

"별말씀을."

직후 그들도 칼럼 마을을 떠났다. 북적북적했던 마을이 순식간에 한적해졌다.

조용하네.

하지만 여유로움도 잠깐이리라. 해야 할 일이 많아. 길드전으로 인해 놓쳤던 많은 것을 다시 손에 쥐어야 했으니까.

기사단장이 보고를 올렸다.

"……그리고 오늘, 파라독스 길드가 해체되었음을 확인했습니다."

"그리 오래 걸리지도 않았구나."

"무혁 준남작의 능력이 뛰어난 덕분이었습니다."

"들었다. 그의 활약이 대단했다지?"

"예."

"게다가 이방인 용병도 꽤 많았다고 하던데."

"맞습니다. 그들 또한 무혁 준남작이 데려온 것 같았습니다. 게다가 전부 소환 능력을 지니고 있었습니다."

"전부가 말이냐?"

"예, 덕분에 쉽게 무너뜨릴 수 있었습니다."

"그랬군."

아뮤르 공작이 흡족하게 웃었다.

"고생했다, 포상금은 아주 넉넉하게 내리도록 하마."

"감사할 따름입니다. 참, 그리고……."

"할 말이라도 있더냐."

"예, 무혁 준남작이 곧 찾아뵙겠다고 했습니다."

"알겠다."

"그럼 가보겠습니다."

기사단장이 인사를 하고 집무실을 나섰다. 직후 아뮤르 공작이 짝- 하고 박수를 한 번 치자 한 명의 사내가 은밀하게 모습을 드러냈다.

"부르셨습니까."

"그래, 알테온 백작은 잘 감시하고 있느냐?"

"물론입니다."

"이상한 낌새는?"

"아직은 없습니다."

"흐음, 수상한 점이 보이면 바로 보고하도록 해라."

"예."

대답과 함께 사내가 연기처럼 흩어졌다. 그야말로 신출귀몰한 수법이었다. 그와는 관계없이 아뮤르 공작은 의자에 몸을 묻으며 눈을 감았다.

자, 어서 움직여야지.

알테온 백작이 움직이는 순간, 그를 올가미로 낚아채리라.

무혁은 NPC들에게 빌려줬던 무기와 방패를 전부 스켈레톤에게 넘겼다.

"후, 이제 다 된 건가."

아머 스켈레톤뿐만이 아니라 일반 스켈레톤까지도 최소 6강짜리 무기와 방패를 사용하게 된 것이다. 이것만으로도 무언가를 이룬 기분이었다. 그 탓일까, 무혁의 시선이 좀처럼 스켈레톤에게서 떨어지지 않았다. 흡족하긴 한데, 마계를 떠올리면 또 불만스러웠다.

왜 녹는 거냐고!

그 탓에 기준이 더 높아졌다.

부족해, 아직도. 보다 더 좋은 무구로, 조금 더 강하게.

언젠가는 스켈레톤 한 마리가 일당백이 될 수 있게끔 성장시킬 것이다. 미치도록 노가다를 해야겠지만 말이다.

아, 그러고 보니.

상념을 지우고 시간을 확인했다. 오후 6시였다. 이제 곧 유저 반달이 문양을 판매하기 위해 찾아올 터였다. 돈이야 넘치도록 있기에 그동안 밀린 문양 대부분을 구매할 생각이었다. 물론 전보다 옵션이 좋아야겠지만.

아무튼, 그를 맞이하기 위해 칼럼 마을 정문으로 향했다. 스켈레톤 무리를 데리고서 이동하니 칼럼 마을 사람들과 돌아다니는 유저들의 시선이 모두 무혁에게 꽂혀 버렸다.

아, 마계로 보내 버릴까.

잠시 고민하다가 고개를 저었다. 문양까지만 채워서 보내자. 어차피 보내봐야 녹아버릴 테니, 조금이라도 더 강하게 만들어서 조금이라도 더 버티게 만들고 싶었다.

마침 반달 유저가 말을 타고 저 멀리서 달려왔다.

"죄송합니다. 잠깐만 TV를 끄겠습니다."

방청자에게 양해를 구한 후 일루전TV를 껐다.

아직 문양은 비밀이었으니까.

"무혁 님!"

"오셨네요."

"후아, 오래 기다렸어요?"

"아뇨, 저도 방금 도착했어요."

"아, 다행이네요."

반달이 말에서 내리더니 환하게 웃었다.

좋은 일이라도 있는 모양이었다.

"음, 제가 이번에 문양 스킬 레벨이 많이 올랐거든요."

"호오, 잘되셨네요."

"네, 그래서 문양 옵션이 꽤 좋아졌어요. 전부 무혁 님 덕분이에요. 정말 고맙습니다."

"고맙긴요."

어차피 문양은 시간이 흐르면 네크로맨서 유저에게 팔렸을 아이템이었다. 이런 인사를 받을 정도까지는 아니었다.

"저기, 그래서 가격을 좀 낮춰서 판매하고 싶어서요."

"네? 낮춰서요?"

올리는 것도 아니고, 낮춘다? 무혁은 고개를 저었다.

"괜찮아요. 본래 가격대로 살게요."

"그, 그래도……."

"괜찮아요."

"아뇨, 그래도……!"

"정말 괜찮은데……."

"아뇨! 그래도요!"

반달의 표정을 보니 진심인 모양이었다. 게다가 의외로 고집도 있었고.

참, 나. 이런 사람도 다 있네.

무혁은 어색한 미소를 지으며 고개를 끄덕였다.

"그럼 조금만 낮춰서 살게요."

"감사합니다!"

"아니, 뭐. 인사까지야……."

가격을 낮춰서 사겠다는 사람에게 감사의 인사라니. 기분이 이상했다.

특이한 사람이네, 진짜.

"자, 그럼 일단 자리부터 좀 옮길까요?"

"아, 네!"

둘은 인적이 없는 한적한 곳으로 이동했고 그제야 반달이 문양을 인벤토리에서 꺼냈다. 문양이 상당히 얇았음에도 불구하고 겹겹이 쌓이다 보니 두께가 어마어마했다.

"천천히 살펴보세요."

"아, 네."

가장 위에 놓인 문양을 집어 옵션을 확인했다.

[큰 힘의 문양]

-소환수 힘 +5

무혁의 눈동자가 커졌다.

"어, 이거……!"

"어때요? 꽤 많이 좋아졌죠?"

벌써 큰 힘의 문양이라니. 생각보다 스킬 성장 속도가 빨랐다.

"엄청 좋아졌네요."

서둘러 다른 것도 확인해 봤다.

[큰 체력의 문양]

-소환수 체력 +5

이것도, 이것도, 저것도. 전부 수식어로 '큰'이라는 한 글자가 붙어 있었다.

"이거 설마, 전부 스탯이 5씩 증가하는 건가요?"

반달이 지니고 있는 문양만 해도 200개는 거뜬하게 넘을 것 같았다. 그런데 이 모든 것이 스탯을 5씩 올려주면 전력이 또 다시 크게 상승하리라.

"그건 아니에요."

"아……"

순간 실망한 무혁의 귀로.

"여기 있는 것들 중에선 최소가 5고요. 더 좋은 건 7까지 올려주더라고요."

충격적인 말이 꽂혔다.

"네……?"

"아, 실망하셨나요? 전 이 정도면 괜찮은 줄 알고……"

"실망이라뇨. 너무 좋아서요."

"정말요? 다행이네요, 후아."

"저기, 그럼 3개씩 올려주는 건 어떻게 하셨어요?"

"아, 그게 사실 무혁 님께 판매하기에는 너무 옵션이 떨어지는 것 같아서요."

"지금 갖고 계신가요?"

"네, 인벤토리에 있어요."

"그러면……"

무혁은 머릿속으로 빠르게 계산을 마쳤다.

"3개짜리도 저한테 파세요."

"어어, 저야 좋지만……."

"소환수가 좀 많아서요. 그 정도는 있어야 되거든요."

"아……!"

"그러면 스탯 3개씩 올리는 건 30골드. 5개는 40골드. 7개는 50골드에 구입할게요."

"네? 아, 아뇨. 그건 원래 가격이잖아요. 애초에 좀 싸게 드리고 싶은 마음이었으니까 오늘은 제가 가격을 정할게요. 3개는 20골드. 5개는 25골드. 7개짜리는 30골드로 해요."

"그건……."

재료비만 해도 꽤 나올 것이 분명했다. 좀 미안한데.

"수량이 많고, 스킬 레벨도 올려서 괜찮아요. 이 정도만 해도 엄청나게 남는다고요. 솔직히 무혁 님이 아니었으면 문양사라는 직업, 포기했을지도 몰라요. 그러니까 이번 거래는 제가 은혜를 갚는다는 생각으로……."

정말 이상한 사내였다.

무혁은 한숨을 쉬며 고개를 끄덕였다.

"좋아요. 그래요."

"감사합니다!"

결국 스탯 5개를 올려주는 150여 개의 문양과 7개를 올려주는 50여 개의 문양. 그리고 3개를 올려주는 200여 개의 문양을 구입하기로 했다.

[유저 '반달'과 거래합니다.]

수량이 많아서인지 금액이 상당했다. 무려 1만 골드에 근접했으니까. 하지만 결코 손해는 아니었다.

나중에 더 좋은 문양을 구했을 때, 지금 구입한 문양을 판매하면 같은 금액이 고스란히 손에 들어올 테니까.

"후아, 정말 감사합니다!"

"저도요."

"그럼 다음에 또 뵐게요!"

반달을 배웅해 준 후.

무혁은 스켈레톤에게 문양을 흡수시켰다.

[아머기마병1이 뛰어난 힘의 문양을 흡수했습니다.]
[힘(7)이 상승합니다.]

[검뼈1이 적당한 힘의 문양을 흡수했습니다.]
[힘(3)이 상승합니다.]

총 수량 400개. 워낙에 문양이 많아서 기존에 착용하고 있던 스탯 2개짜리는 빼버려야만 했다. 최소 스탯 3개, 최대 7개를 올려주는 문양 3개를 모든 스켈레톤이 착용하게 된 것이다.

이제 조금은 버티려나.

무혁은 기대하며 소환수를 마계로 보냈다.

사라졌어……?

서큐버스의 미간이 꿈틀거렸다. F11 구역을 맡기로 했던 최하급 마족, 칼란서버의 기운이 느껴지지 않았다. 침대에 비스듬히 누워, 빼어난 미모의 마족들에게 둘러싸여 있던 마왕 역시 그 사실을 인지한 모양이었다. 하지만 그는 굳이 입을 열지 않았다. 언급하지 않아도 보좌관이 알아서 잘하리란 것을 이미 알고 있었으니까.

"잠시 다녀오겠습니다."

"그러도록 해라."

밖으로 나온 서큐버스가 에스칼론을 불렀다.

"부르셨습니까."

"그래, F11 구역에 문제가 생긴 모양이다."

"당장 가보겠습니다."

"다녀오자마자 보고부터 하도록."

"예."

최하급 마족, 에스칼론이 몸을 일으킨 후 걸음을 옮겼다.

서큐버스와의 거리가 조금 떨어졌을 무렵, 지면을 강하게 차기 시작했다. 팟, 파바밧. 지면을 차는 소리와 함께 가속도가 붙으면서 먼지가 솟구쳤다

저기군.

순식간에 F11 구역에 도착한 에스칼론이 미간을 찌푸렸다. 전투의 흔적이 있었다. 꼼꼼하게 살펴본 결과, 이 흔적 속에서 칼란서버의 것을 발견할 수 있었다. 칼란서버는 이곳에서 전투를 벌였고, 결국 죽었으리라. 전투 이후의 흔적을 쫓아갔다. 저 멀리 마물과 싸우고 있는 스켈레톤 30여 마리를 발견할 수 있었다.

"큭."

순간 웃음이 새어 나왔다. 정말로 마물 따위에게 죽어버린 모양이었다. 한심한 녀석.

혀를 차며 허리춤에서 검을 뽑았다. 휘익- 하고 검에서 쏟아진 기운이 공간을 뭉개어버렸다. 모든 것이 부서지고. 자연스레 적막이 내려앉았다.

시시하구나.

서둘러 북쪽 마계 지역으로 돌아가 서큐버스가 나타나기를 기다렸다. 돌아온 기척을 냈으니 금방 나올 것이 분명했다. 예상대로 서큐버스가 등장했고 오연한 표정으로 쳐다본다. 그에 에스칼론은 한쪽 무릎을 꿇고 보고를 올렸다.

"칼란서버의 흔적을 발견했습니다."

"그래?"

"예, 마물에게 죽은 모양입니다."

"허, 그게 사실인가?"

"그렇습니다."

"그래서, 마물은?"

"남은 녀석들은 제가 처리했습니다."

"흐음."

서큐버스가 잠시 생각에 잠겼다. 그리고 이내 결론을 내린 모양이었다.

"에스칼론."

"예."

"앞으로는 네가 F11 구역을 맡도록."

"……."

"대답은?"

"아, 알겠습니다."

짜증은 났지만, 명령이니 거부할 수가 없었다.

"지금 당장 가보도록."

"예……."

대답을 한 후, 다시 F11 구역으로 향했다. 얼마나 시간이 지 났을까. 마물 스켈레톤이 나타났고 검을 휘둘러 놈들을 짓이 겨 버렸다.

"꺼져라!"

물론 한 방에 죽이진 못했지만 본래 에스칼론의 진정한 힘 은 속도에서 나오기에 크게 개의치 않았다. 부족한 파괴력은 속도로 보충하면 된다.

휘릭.

지금처럼 한 번 더 공격을 하면 그만이었다. 두 번째 공격을 받은 대부분의 스켈레톤 마물이 퍼서석 부서져 버렸다.

그런데 아직 다섯 마리 정도가 버티고 있었다. 다시 검을 휘두르려는 순간 특이하게 생긴 두 마리 마물이 앞으로 돌진해 왔다. 마지막 발악이라도 하려는 걸까?

의문을 갖는 순간 기파가 쏘아졌다.

흡……!

피할 수 없는 넓은 범위였다. 휘청. 일순 균형이 흔들렸다.

다행히 거리가 충분히 있었고 원거리 공격이 가능한 스켈레톤이 남아 있지 않아 대미지를 입지는 않았다.

그러나 자존심이 상해 버렸다. 얼굴을 되는대로 구기며 전력을 다해 검을 휘둘렀다. 그제야 남은 녀석들을 완벽하게 처리할 수 있었다.

정말, 짜증 나는군.

자리에 앉아 시간을 보냈다. 얼마나 흘렀을까. 지루함을 견딜 수 없을 즈음, 다시 놈들이 나타났다.

흐읍!

연이어 두 번의 검을 휘두르고 뒤로 물러났다. 기파를 피한 후 다시 검을 그었다.

앞으로도 이러면 되겠군.

처음엔 기파에 놀라 당했지만, 지금은 여유로웠다. 그래서 더더욱 이해가 되지 않았다. 아무리 생각해도 칼란서버가 당할 정도는 아니었기 때문이다. 도대체 어느 수준까지 방심을 해야 이런 마물에게 당한단 말인가.

정말 멍청한 녀석이군.

아마 절대로 놈을 이해하지 못하리라. 부수고, 터뜨리고, 가루로 만든다. 나타날 때마다 같은 방법으로 놈들을 처리했다. 오늘도 역시 놈들은 나타났다.

죽어라.

에스칼론은 지금까지처럼 놈들을 상대했다. 한 번 검을 휘두르자 강력한 기운이 뻗어나갔고 폭발이 일어난다. 다시 한 번 검을 휘둘렀다.

콰아아앙!

직후 마물 스켈레톤과 거리를 벌렸다. 한 다섯 마리 정도 남았겠지. 그중에서도 기파를 쓰는 두 마리를 경계하며 칼바람을 일으켰다.

후웅.

먼지가 날아가고 상황이 드러나는 순간 에스칼론의 눈이 치켜떠졌다.

"……!"

예상과 다른 상황이 펼쳐진 까닭이었다.

"이, 이 새끼들이!"

자존심에 금이 가버렸다. 마물에 불과한 스켈레톤 대부분이 살아남은 탓이었다.

어떻게 이런 일이……?

무려 두 번이나 공격을 가했는데, 도대체 어떻게!

딱, 따닥.

그 순간 마물들이 움직였다.

후우웅!

지금까지는 HP가 낮은 놈들을 첫 공격으로 처리한 덕분에 이런 마법이나 화살 공격을 거의 당하지 않았었다. 그렇기에 마무리도 쉬웠고. 하지만 지금은 달랐다. 저 마법과 끝도 없이 날아오는 뼈 화살이 시야를 어지럽히고 있었다.

콰과과광!

이내 평정심을 되찾은 에스칼론이었지만 지금은 도저히 피할 수 없었다. 모든 화살과 마법이 아주 드넓게 포진되어 있었던 탓에 아무리 몸놀림이 빠른 그라도 피해 범위를 완벽하게 벗어날 수 없었던 것이다.

빌어먹을……!

별수 없이 피해가 가장 적을 것 같은 곳으로 이동했다.

"크윽……!"

그래도 상당한 대미지였다.

젠장, 젠장……!

그 순간 먼지를 꿰뚫고 무언가가 들소처럼 달려들었다. 급히 몸을 날려봤지만 역시 이번에도 범위가 너무 넓었다. 기마병 전원이 최고 속도로 달려든 탓이었다. 충격에 허공에 뜬 에스칼론이 급히 몸을 틀며 균형을 잡았다. 착지하며 검을 빠르게 휘둘렀다.

강력한 기운에 달려오던 아머기마병들이 뒤집어졌는데, 그 사이로 부르탄이 얼굴을 내밀었다.

----------!

그대로 쏟아지는 기파에 흔들거리며 균형을 잃은 에스칼론

의 앞으로 자이언트 외눈박이가 내리꽂혔다.

쿠-우-우-웅.

짓밟은 상태에서 주먹을 내리꽂았다.

"으아아아아아악!"

에스칼론이 정신을 차리고 몸을 일으키려는 순간.

쿠-후-우-웅.

자이언트 외눈박이 역시 기파를 사용했다.

"이, 미친……!"

또다시 힘이 빠져 버린 에스칼론. 아머나이트와 검뼈들이 놈을 겹겹이 포위하는 것에 성공했다.

-자, 이제 우리들의 시간이다.

스켈레톤들이 날뛰기 시작했다. 이것이 바로 전원 6강 이상의 무기와 방패를 사용하고 스탯을 올려주는 문양 3개를 흡수한 스켈레톤의 힘이었다.

에스칼론이 처음 공격하던 시기에 검을 두 번이 아니라 세 번 휘둘렀다면 상황은 달라졌으리라. 겨우 한 번을 더 버틸 수 있게 된 스켈레톤은 전과 마찬가지로 녹아버렸을 테니까.

물론 갑자기 한 번의 공격을 더 버틸 거라곤 에스칼론도 상상도 못 했을 것이다. 그렇기에 이런 결과가 나온 것이고.

-당한 건 갚아줘야지.

-놈을 죽여 버리자.

덕분에 스켈레톤은 기회를 잡았다. 지금의 기회를 절대로 놓칠 생각이 없었다.

-한 치의 실수도 용납하지 않겠다.

-모두 정확하게 지시를 따르도록!

그 순간이 되어서야 에스칼론은 이해했다.

아, 칼란서버여……!

녀석의 죽음을 말이다.

무혁의 입가로 미소가 그려졌다.

[소환수가 경험치를 획득합니다.]

[현재 획득한 소환수 경험치 : 102,336]

다시 한번 10만의 경험치를 마계에서 획득한 것이었다. 스탯 10개의 가치. 당연히 기쁠 수밖에 없었다.

이걸로 확실해진 건가?

아무래도 지금 F11 구역에 최하급 마족들이 순찰을 도는 모양이었다. 해결 방법은 딱히 없다고 할 수 있었다. 이미 정해진 구역을 바꿀 수도 없는 일이었으니 그저 소환수를 꾸준히 성장시키는 게 최고이리라. 다음에는 리바이브 몬스터도 함께 보내야겠네.

그런 생각을 하며 일루전TV를 켰다.

"죄송합니다. 제가 좀 비밀이 많아서요. 아마 앞으로 한동안은 일루전TV를 끌 일이 없을 거라고 생각합니다."

말을 마친 무혁은 인벤토리에 넣어뒀던 무구를 살펴봤다.

슬슬 팔아야겠지.

30개 정도는 파라독스 길드의 시비를 사전에 언급해 준 블랙 길드에 넘길 무구였다. 그 외에 나머지 아이템만 무려 106개였다. NPC들에게 빌려줬던 무기가 200개, 방패가 100개. 총 200명에게 고루 나눠줬었던 것을 스켈레톤에게 전부 넘겨줬다. 그럼에도 불구하고 아직 무기가 118개, 방패가 18개나 남아버렸다.

총 136개. 그중에 30개를 빼고 106개를 전부 올리면 될 것 같았다. 또 쓸 일은 없을 테니까. 그냥 둬봐야 괜히 묵히기만 할 뿐이다. 어차피 강화도 꾸준히 할 테고, 앞으로 쌓일 무구까지 생각하면 더더욱.

즉시 판매. 가격은 현재 시세에 맞춰서.

-크, 드디어 판다, 드디어!

-우와, 대박! 무조건 사야지!

그 모습을 보고 있는 방청자들이 환호했다.

그러자 누군가가 의문을 품었다.

-그렇게 대단한 건가요?

-당연하죠!

-근데 강화 스킬 배운 유저도 꽤 늘었잖아요. 지금 10명은 되는 걸로 아는데요?

-그렇죠. 그래서 강화 아이템 값이 많이 떨어지긴 했죠. 근데 지량 유저를 제외하고는 아직 괜찮은 실력자가 없어요. 무혁 님이 유일하죠ㅋㅋ 게다가 만들었다 하면 최소 5강이니 당연히 눈길이 갈 수밖에요. 아, 요즘은 6강이던가?

-아, 그러네요. 다른 유저는 보통 4강이니…….

-그렇죠. 1강 차이가 어마어마하잖아요.

-지량은 여전히 예약만 받고 있고…….

의문은 금세 풀렸고. 구입에 대한 열기를 보이기 시작했다.

-크, 저 바로 일루전 접속하러 갑니다! 미리 골드로 바꿔두길 잘했네! 무구 구입하고 나면 바로 인증하겠습니다!

-ㅋㅋㅋㅋㅋ기대할게요.

-저도 일루전에 접속 좀……ㅋㅋ

-드디어 비상금을 사용할 때가 왔군요.

-저 중에 하나는 무조건 제가 삽니다! 찜했어요!

-먼저 사는 사람이 임자!

어느새 10개의 아이템을 올렸다. 전부 6강이었기에 호응이 뜨거울 수밖에 없었다.

흐음, 이건…….

얼마에 올릴지 생각하고 있는데 메시지가 떠올랐다.

[붉은 수염의 장창+6이 판매되었습니다.]
[수수료를 제외한 1,417골드를 획득했습니다.]

벌써 1개가 팔려 버린 것이다. 가격은 꽤 떨어졌지만, 이건
어쩔 수 없는 일이었다. 강화 스킬을 배운 유저가 늘어나면서
자연스럽게 시세가 하락한 까닭이었다.

그래도 어마어마하니까.

다시 남은 아이템을 빠르게 경매장에 올렸다. 20개, 30개,
40개……. 여전히 많이 남아서 별생각도 없었다.

물론 지켜보는 입장에선 달랐지만.

-뭐죠? 도대체, 몇 개를……?

-아니, 벌써 40개는 올린 것 같은데요?

-ㅋㅋㅋㅋㅋㅋㅋㅋㅋㅋㅋ, 대박!

-한 개는 구입할 자신이 있습니다! 지금 접속합니다!

-저도 이제 봤네요ㅠㅠ 늦지 않기를!

-돈부터 찾으러…….

-골드 구입합니다! 제발 좀 팔아주세요!

그사이에도 무구가 올라갔다. 80개, 아직 멈추지 않았다.

-워……. 눈알이 흔들립니다요?

-어지럽네요ㅋㅋㅋ

-무슨 6강짜리 무구들이 저렇게 한 번에 쏟아지니?

-길드전 할 때 다 사용했겠죠?

-그럴 듯?

-그러니 파라독스랑 싸워서 이기지……ㅋㅋ

-아, 길드전 때문에 짱박혀서 미친 듯이 강화만 했나 보네요.

몇 개나 더 올렸을까.

"자, 마지막입니다."

드디어 마지막 아이템이 경매장에 올라갔다.

-캬, 저 다 헤아렸어요!

-몇 개예요?

-106개요, 106개ㅋㅋㅋㅋ

-허, 미친…….

-저것만 다 팔아도 얼마지……?

-최소 10억 이상……?

-ㅇㅈ

그동안 팔린 무구만 9개였다. 무혁은 손에 들어온 골드를 확인하며 흐뭇하게 웃었다. 자, 이제 뭘 할까. 생각하고 있을 때 갑자기 홀로그램이 떠올랐다.

"허……."

고민이 단번에 해결되었다. 홀로그램을 다시 확인했다.

[씨암 왕국에 탑이 개방되었습니다.]

무슨 탑인지는 나오지 않았지만 그거면 충분했다. 조금만 지나도 무수한 정보들이 홈페이지에 떠다닐 테니까.

일단은 이 사실을 오랜만에 침대에서 뒹굴고 있을 성민우에게 알려줘야 했다. 예린이야 마을에서 다람쥐와 노는 중이라 홀로그램을 봤을 테니까.

캡슐에서 나와 그에게 전화를 걸었다.

-어? 무슨 일이냐. 나 오늘 쉰다니까.

"그래? 진짜 쉴 거야?"

-어, 쉴 거야.

"그래, 그럼 우리끼리 가야겠다."

-관심 없다.

"탑에 갈 건데?"

-그래, 탑이든 뭐든 난 관심 없…… 응? 잠깐만, 뭐라고?

"푹 쉬어라."

-야, 야! 잠깐, 잠깐!

"뭐?"

-탑, 탑이라고? 탑?

"어, 그래."

-기다려라, 바로 접속한다!

곧바로 통화가 종료되었다. 무혁은 웃으며 캡슐에 누워 다시 일루전에 접속했다. 예린이 저 멀리서 다가오고 있었다.

"오빠!"

"어, 왔어?"

"응! 홀로그램 봤어?"

"보자마자 민우한테 전화 걸고 왔지."

"아, 진짜? 잘했어. 그럼 우리 오늘 탑에 가는 거야?"

"어쩔까?"

예린의 표정이 들떠 있었다.

"가고 싶어, 가자, 가자. 응?"

그녀의 애교에 절로 미소가 그려졌다.

"그래, 알았어."

"아싸!"

하긴, 너무 오랫동안 길드전을 치르긴 했다.

뭔가 새로운 것을 하고 싶은 지금, 딱 알맞게 탑 컨텐츠가 오픈되었으니 어찌 가고 싶지 않을까. 나도 가고 싶으니까. 그래도 해야 할 일은 해야만 했다.

"몇 개만 좀 해두고."

"뭐?"

"마을 건축물 설립 정도? 같이 가자."

"응! 알겠어!"

조금만 있으면 여관과 음식점 몇 개가 완공된다. 그러면 건축 레벨이 4로 올라설 가능성이 높았다. 그때가 되어야 나타나는 몇 가지 건축물 계획을 세운 후에 탑을 정복하고 돌아오는 게 시간상으로도 딱 좋을 것 같았다. 해서 지금 건물이 지어지고 있는 곳으로 이동하는 중이었다. 도착해 보니 조금만 있으면 완공이 될 것 같았다.

"오빠, 오래 걸리려나?"

"글쎄."

무혁은 근처 인부를 붙잡고 물어봤다.

"아, 촌장님이시군요. 20분이 안 걸릴 겁니다. 마무리만 하면 되거든요."

"그렇군요."

옆에 있던 예린이 안도했다. 조급한 건 무혁이었다.

20분, 20분이라……. 사실 지금은 그 시간도 아까운 게 사실이었다. 조금만 더 빨리 되길.

그때 성민우가 뒤에서 뛰어왔다.

"여기 있었냐!"

"어, 왔냐?"

"타, 탑은? 지금 바로 가는 거야?"

"아니."

"왜에에에!"

"이거 완공되는 것만 보고."

"으으, 언제 끝나는데?"

"20분."

"그럼 난 간단하게 정비 좀 해야겠다."

"어차피 헤밀 제국까지 가야 돼."

"아, 그런가? 하, 그럼 뭐 하면서 기다리지? 이런 거 딱 질색인데."

"그냥 완공되는 모습이나 봐."

"으으으……!"

하지만 기다림은 생각보다 길지 않았다.

기껏해야 5분? 그 정도가 지나니 메시지가 떠올랐다.

[여관이 완공되었습니다.]

[음식점이 완공되었습니다.]

기대하던 메시지 역시.

[건축 레벨을 4로 상승시킬 수 있습니다.]

[명성이 20,000에 도달해야 가능하며 필요한 수치의 10퍼센트의 명성이 소모됩니다.]

[건축 레벨을 4로 올립니다.]

[명성이 2,000만큼 소모됩니다.]

건축 레벨 : 4(0%)

여관, 음식점, 잡화점, 도축장, 목수 길드, 대장장이 길드, 무기,

방어구 상점, 액세서리점, 길드 관리소, 전사 길드, 궁수 길드, 마법사 길드, 신전, 확장 공사.

새롭게 생긴 마법사 길드와 신전, 그리고 확장 공사를 바라보던 무혁은 눈을 빛내며 건축 계획을 세웠다. 여관 확장 공사, 음식점도 마찬가지. 확장 공사는 될 수 있으면 전부 하고 싶었다. 어차피 탑에 들어가면 한동안 거기서 지내야 할 터. 얼마나 오래 걸릴지는 딱히 생각하지 않아도 되리라. 그저 최대한 많이. 이것도, 이것도. 손이 바삐 움직였다.

물론 새롭게 나타난 건물 역시 지을 생각이었다.

[여관 확장 공사 계획을 세웁니다.]
[음식점 확장 공사 계획을…….]
[잡화점 확장 공사…….]

[마법사 길드 건축 계획을 세웁니다.]
[신전 건축 계획을 세웁니다.]

그제야 만족한 듯 미소를 지었다.

"촌장님!"

그 순간 등장한 라카크. 그와 충분히 대화한 후 성민우, 예린, 그리고 도란과 함께 탑이 생성되었다는 씨암 왕국으로 향했다.

제4장
새로운 컨텐츠

군마에 탑승한 채로 일루전 홈페이지 게시판을 훑었다. 조금씩 정보가 나오기 시작할 무렵이라 집중하고 있는데 옆에 있던 성민우가 자꾸 중얼거렸다.

"아, 지루하다. 뭐 할 거 없으려나?"

"……"

"지루하구만, 지루해."

무혁이 고개를 돌렸다.

"뭐가 그렇게 지루해?"

"할 게 없잖냐."

"바보냐? 홈페이지나 살펴봐. 탑이란 것만 나왔지 다른 건 아무것도 정보가 없잖아. 이제 조금씩 정보가 퍼지기 시작하고 있으니까 얻는 게 있겠지."

"아, 맞네!"

무혁은 한숨을 쉬며 게시판에 다시 집중했다.

[제목 : 저 탑에 들어왔는데 너무 더운데요?]

무혁의 눈이 반짝거렸다.
덥다?
서둘러 게시물을 클릭해봤다.

[내용 : 1층인데 걸어갈수록 더워지네요. 참고 계속 가다가 몬스터 만나서 죽었습니다. 제가 지금 그냥 더워진다고 해서 다들 감이 안 오시죠? 장난 아니에요. 미치도록 더워요, 진짜. 상상 이상입니다.]

└어휘가 단조로워서 상상이 안 된다.
└ㅇㅇ, 상상이 안 되는데 상상 이상이라고 하면 나는 어찌해야 하오?
└개소리.
└ㅈㅅ.

뭔가 생각날 듯, 말 듯했다. 다른 것도 천천히 살펴보고 있는데 대체적으로 1층이 덥다는 내용이 대부분이었다.
그러다 탑의 이름을 언급하는 게시물을 발견했다.

[제목 : 탑 이름이 좀 무섭네요.]
[내용 : 들어가니까 홀로그램이 뜨더라고요. 시련의 탑이라고. 음, 시

련이라……]

무혁은 속으로 중얼거렸다.

시련의 탑, 시련의 탑. 몇 번이나 더 반복했을까.

아……!

흐릿하지만 분명히 오래된 기억 속에 있었다. 놓치고 있던 고난이도의 탑.

왜 흐릿하지?

한참을 고민하고서야 깨달았다. 방송을 통해 본 적이 거의 없었기에 흐릿했던 것이었다. 한 번? 두 번? 영상으로 본 건 그게 전부였다. 어려워서는 아니었다. 촬영하는 유저도, 지켜보는 유저도 짜증이 난다고 하는 게 정확할 것이다.

더워서 짜증, 추워서 짜증, 어지러워서 짜증, 눅눅해서 짜증. 그런 짜증스러움이 모두 집약된 곳이 바로 시련의 탑이었다.

맞아, 그랬지.

탑이 어떠한 곳이었는지 생각나면서 그 해결책도 자연스럽게 떠올랐다.

"죄송합니다. 조금 후면 탑에 도착하는데요. 저희들의 공략법이 즉시 밝혀지게 되면 탑 클리어가 어려워질 우려가 있어서……."

방청자에게 양해를 구한 후 일루전TV를 껐다. 그리고 바로 경매장을 오픈해서 필요한 아이템을 검색했다.

[차가운 기운의 조각]
차가운 기운을 주변으로 뿌린다.

[즉시 구매 가격 : 1실버]

추운 지역에서 어렵지 않게 구할 수 있는 차가운 기운의 조각을 200개, 그와는 반대 성질을 지닌 뜨거운 기운의 조각도 역시 동일하게 200개를 구입했다. 마침 헤밀 제국에 도착했기에 모두 정비를 위해 잠깐 헤어지기로 했다.

"늦어도 20분 후에는 보자. 분수대 앞에서."

"알았어."

"오빠, 조금 있다가 봐!"

"그래."

"주군, 전 주군과 함께 가겠습니다."

성민우, 예린과 헤어진 후 도란과 함께 신전으로 향해 해독제 200개와 신성 촉매제 800개를 구입했다. 다음으로 잡화점으로 향해 응고제를 산 후 연금술사 길드에서 연금이 가능한 방을 잠깐 빌렸다. 거대한 솥에 차가운 기운의 조각 1개와 촉매제를 넣자, 금세 한 가지 아이템이 탄생되었다.

['한층 더 강력해진 차가운 기운의 조각'을 습득하셨습니다.]

사실 '차가운 기운의 조각'으로도 충분할 것 같았지만 만약의 경우를 대비해서 한층 더 강력해진 것으로 만들고 있는 중이었다. 기억이 흐릿한 만큼 준비는 철저한 게 더 좋았으니까.

순식간에 200개의 조각이 만들어졌다.

자, 차가운 건 다 됐고.

물론 아직 끝나지 않았다. 이번에는 뜨거운 기운의 조각과 신성 촉매제를 솥에 넣었다.

['한층 더 강력해진 뜨거운 기운의 조각'을 습득하셨습니다.]

마찬가지로 200개를 제작한 후.

['한층 더 강력해진 해독제'를 습득하셨습니다.]×200
['한층 더 강력해진 응고제'를 습득하셨습니다.]×200

나머지도 완성시켰다.

"후, 끝났다."

만들어진 것들을 인벤토리에 넣은 후 연금술사 길드를 벗어나자 입구에 있던 도란이 고개를 숙였다.

"끝나셨습니까, 주군."

"어, 이제 가자."

"예!"

함께 중앙 분수대로 향했다.

"오빠! 여기야!"

"왜 이렇게 늦게 와?"

"미안, 뭐 좀 한다고. 이제 가자."

"조금 서둘러야겠다. 지금 벌써부터 유저들 빠져나가는 거 보이지? 전부 씨암 왕국으로 이동하는 모양이더라."

"저 사람들 전부?"

"어, 진짜 오랜만에 나온 컨텐츠잖아."

성민우의 말에 고개를 끄덕이며 군마를 소환했다. 겨우 워 프게이트를 이용해 씨암 왕국으로 넘어온 네 사람은 북적거리 는 인파를 헤집고 성문을 벗어나 속도를 높였다.

"와, 진짜 더럽게 많네."

"100레벨 아래 유저도 대거 왔을걸?"

"응? 그래?"

"어, 이게 탑의 적정 레벨은 안 알려졌잖아."

"아아, 한 번 도전해 보려고 오는 거구만."

"그렇지."

군마를 타고 얼마나 달렸을까. 조금씩 인파가 더 많아지기 시작하더니 이제 속도를 내기가 어려워졌다. 그때 무혁이 손 을 들어 어느 한 방향을 가리켰다.

"저기 보이네."

모두의 시선이 그곳에 집중되었다.

"엥? 뭐야?"

"오빠, 저거 맞아?"

"맞을 거야."

3층짜리 탑. 생각보다 더 낮은 층수에 조금은 실망한 듯한 표정들이었다.

"무시하다가 큰코다친다."

"무슨 소리야?"

"그냥 그런 느낌이라."

보기와는 달리 난이도는 상당히 높다. 결코 방심할 수 없는 곳이었다.

생각보다 금세 탑에 입장할 수 있었다. 탑 내부가 보이는 것과 달리 무지막지하게 넓고, 스타트 지역이 랜덤으로 정해지는 덕분에 꽤나 한적한 곳에 떨어진 무혁과 일행이었다.

"오호? 별로 없는데?"

"오빠, 가자! 클리어되기 전에 앞서가야지."

조금 걷기 시작하자 유저들이 늘어났다.

"아, 뭐야. 많잖아."

"그래도 바깥에서 생각했던 것보다는 훨씬 적네."

"그건 인정."

수다를 떨며 나아가기를 5분. 낌새가 느껴지기 시작했다.

"주군. 뭔가 좀 더운 것 같은데, 제 착각이겠죠?"

"글세?"

무혁을 제외한 다른 이들은 조금 긴가민가한 표정이었다.

"덥다는 이야기는 봤는데, 아직은 잘 모르겠네."

"나두."

이게 정말 더워져서 더운 걸까. 아니면 격하게 움직여서 더운 걸까?

의문은 금세 풀렸다. 확연하게 더워지기도 했고 또 주변에서도 투덜거리는 소리가 쉴 새 없이 들려오기 시작한 탓이었다.

"아, 진짜 덥네?"

"이 정도로 더울 줄은 몰랐는데……."

"어우, 갈수록 더워지는 거 아냐?"

모두 확실하게 상황을 인지했다. 이건 움직여서 아니라. 던전 자체가 더워지기 시작했음을.

"오빠……."

"덥지?"

"응, 엄청……."

무혁이 인벤토리를 뒤적거렸다. 한층 더 강력해진 차가운 기운을 꺼내며 목소리를 최대한 낮췄다.

"다들 소리 낮추고, 놀라지 말고."

"응? 뭔 소리야?"

"쉬잇, 반응도 자제해."

그제야 세 사람 전부 입을 다물었다.

"이거 하나씩 넣어둬."

그걸 받아 든 순간 다들 눈이 커졌다.

"오빠, 완전 시원해. 뭐야 이거?"

"그냥 몇 개 갖고 있었던 거야. 마침 쓸모가 있네."

"와, 대박인데?"

무혁이 손가락을 입에 대었다.

"조용하라고."

"아, 오케이."

"아무튼 다들 이제 괜찮지?"

세 사람 전부 고개를 격하게 끄덕였다. 주변의 더위가 다가오기만 하면 조각이 힘을 발산해 시원함을 선사했다. 다른 유저들이 더위에 휘청거릴 때, 무혁과 그 일행은 오히려 속도를 높였다. 덕분에 아주 상큼한 기분으로, 또 깔끔한 상태로 홀에 들어설 수 있었다.

무혁과 인연이 있는 블랙 길드.

"후, 확실히 갈수록 덥네요."

그들 역시 시련의 탑에 입장한 상태였다.

"홀에 도착하고부터 더 덥죠?"

"그런 거 같아요."

길드장, 혁수 역시 흐르는 땀을 손등으로 훔쳤다.

"후, 조금만 더 더워지면 탈진할 수도 있겠는데요?"

"와, 그 정도면 진짜 미친 건데 말이죠."

"일단 계속 가보자고요."

"예!"

앞으로 나아가던 블랙 길드가 멈췄다.

크르르……!

나타난 몬스터를 상대하기 위함이었다.

"탱커 앞으로!"

앞으로 나선 탱커가 놈의 공격을 방어했다. 어그로가 튀려고 할 때마다 검을 그으면서 놈을 도발하는 센스도 보였다.

"탱커 두 분, 괜찮으세요?"

녀석의 정확한 이름은 붉은 오크 광전사. 레벨이 155에 달하는 녀석이었다. 본래라면 애를 먹었어야 할 상황이었지만 아이템 덕분인지 전투는 생각보다 힘들지 않았다.

"예, 아직 괜찮아요!"

"방패가 6강이라 여유롭습니다!"

그 모습에 혁수가 웃었다. 역시, 강화가 좋구나.

"그래도 무리하지 마시고 교대하세요!"

"예!"

서두르지 않고, 차분하게 놈을 처리한 후 다시 앞으로 나아갔다. 거대한 홀의 끝자락에 도착했을 즈음.

"으음, 잠시만요."

혁수가 손을 들어 이동을 중단시켰다.

"갈림길이 많네요."

문제는 어디를 봐도 열기로 인한 아지랑이가 피어오르고 있다는 사실. 즉, 지금 위치한 홀보다 저 갈림길이 더욱 덥다는 소리였다.

"일단 제가 먼저 가볼게요."

"아, 네."

갈림길에 들어선 혁수의 표정이 굳어졌다.

[더위에 체력이 빠르게 손실됩니다.]
[10초마다 HP가 10씩 하락합니다.]

떠오른 메시지 때문이었다.

이런……!

나아갈수록 더 더워진다면? HP 역시 더 많이, 더 빠르게 줄어들 것이다. 몬스터가 문제가 아니었어. 더위를 버텨내는 것이 더욱 힘든 곳임을 그 순간 확실하게 깨닫고 다급히 뒤로 물러났다.

"후아……."

"길드장님, 괜찮으세요?"

"어때요?"

혁수가 몸을 돌려 길드원을 쳐다봤다.

"들어가는 순간부터 HP가 지속적으로 닳더군요."

"그, 그런……!"

"그래도 많이 닳는 건 아니었으니 조금 더 나아갈 순 있어요. 다만 갈수록 HP가 더 빨리 닳을 것 같다는 점. 그리고 더위가 훨씬 더 심해진다는 점을 생각해 보면 결국 한 번 이상은 마을로 되돌아가야 할 것 같더군요. 그래서 지금 의견을 먼저 물어보겠습니다. 지금 바로 마을로 돌아가서 더위에 대비할 수 있는 것들을 준비하고 올지, 아니면 강행할지."

그에 길드원들이 생각에 잠겼다.

"어, 저기. 길드장님……?"

그때 한 사내가 혁수를 불렀다.

"네, 의견 있으면 말해주세요."

"아, 의견이 아니라……."

혁수가 고개를 갸웃거렸다.

"어, 그러니까 저쪽에서 무혁 님이……!"

무혁이란 단어에 고개를 휙 하고 돌렸다. 정말로 그가 오고 있었다. 그 역시 혁수를 발견했는지 눈을 조금 크게 떴다.

"여기서 뵙네요."

"아, 네. 무혁 님도 오셨군요."

"그럼요."

문득 아이템이 떠오른 혁수였다.

"참, 경매장에 강화 아이템을 어마어마하게 푸셨다고 들었습니다."

"네, 그동안 제작했던 것들 한 번에 풀었죠."

"저희 블랙 길드에게 판매할 수량은……."

"물론 남겨뒀습니다."

그 말에 혁수가 환하게 웃었다.

"감사합니다."

"뭘요. 계약이니까요. 여기서는 좀 그렇고. 나가게 되면 연락 주세요."

"알겠습니다."

대충 인사를 한 후 무혁과 일행은 혁수를 지나쳤다.

어……?

순간 혁수의 눈동자가 빛났다. 시원했어, 분명히.

무혁이 옆을 지나칠 때 더위가 순간적으로 사라진 기분이 들었다. 절대로 착각이 아니었기에 그들을 주시했다.

"갈림길인데, 어디로 갈까?"

"아무 곳이나 가지, 뭐."

"오케이."

그들은 크게 고민하지도 않고 한 곳을 선택해 들어갔다. 혁수는 그들의 편안한 태도를 보며 확신했다. 뭔가가 있다.

다급히 무혁을 불렀다.

"무혁 님!"

"어, 네?"

"거기 상당히 덥던데……. 괜찮으신지?"

"아아, 네. 꽤 덥네요."

"그러시군요. 알겠습니다."

혁수와 무혁의 시선이 잠깐 얽혔다.

"네, 그럼 수고하시길."

무혁은 고개를 돌렸고, 빠르게 설음을 옮기기 시작했다.

그가 충분히 멀어졌을 때.

"일루전TV 확인해 보세요."

"무혁 님 채널요?"

"네."

손을 몇 번 움직이던 길드원이 입을 열었다.

"어, 지금 방송 안 하고 계신데요?"

"그렇군요. 부길드장님?"

"네."

"몇 가지 확인 좀 해주세요."

"어떤……?"

"무혁 님이 어디서부터 일루전TV를 껐는지. 그리고 일루전 TV를 끄고 난 이후 경매장에 있던 아이템들 중에서 갑자기 수량이 줄어든 게 무엇인지."

"어, 경매장 아이템은 너무 많아서……."

"음, 그럼 평소 잘 사용하지 않던 아이템들 중에서만 확인해주세요."

"알겠습니다."

지시를 내린 혁수의 입가로 의미 모를 미소가 그려졌다.

걸어가던 무혁이 다시 뒤를 돌아봤다.

"흐음."

상당히 멀리 걸어온 터라 블랙 길드장은 보이지 않았다.

눈치가 빠르네.

그가 감을 잡았을 가능성도 있었다.

뭐, 상관없지.

설혹 블랙 길드에서 더위를 이겨낼 방법을 찾는다고 하더라도 상관은 없었다. 저들보다 더 빠르게 클리어할 자신이 있었으니까.

다시 정면을 바라보며 나아가던 무혁이 손을 들었다. 붉은 오크 광전사 3마리가 나타난 탓이었다. 무혁은 소환수를 불러내어 놈들을 처리했고 곧바로 리바이브 스킬을 사용했다.

크르르.

살아난 오크 광전사와 함께 이동했다.

다시금 나타난 오크 광전사. 놈들을 처리하고.

"리바이브."

그렇게 몇 마리씩 숫자를 늘려 나갔다.

"생각보다 쉬운데, 오빠?"

"다 조각 덕분이지, 뭐."

"맞아. 우리 오빠 준비성 대박이라니까."

화기애애한 분위기를 유지한 채로 길목을 벗어났다. 그러자 다시 홀이 나타났는데 그곳에 들어서는 순간, 조각을 지닌 이후 처음으로 열기를 느꼈다.

"어……?"

"나만 느끼는 거 아니지?"

"어, 열기가 살짝 올라오는데?"

무혁은 순간 호기심이 들어 차가운 기운을 인벤토리에 넣어 봤다. 그러자 거짓말처럼 뜨거운 열기가 전신을 때려왔다. 마치 주먹으로 복부를 타격당하는 기분이었다.

[더위에 체력이 빠르게 손실됩니다.]
[10초마다 HP가 20씩 하락합니다.]

떠오른 메시지를 보며 잠시 생각했다. 10초에 20씩, 1분에 120의 HP가 손실된다. 10분이면 무려 1,200. 계산은 거기까지 였다. 더 이상은 머리가 제대로 돌아가지 않았다. 더위로 인해 생각 자체가 지워진 기분이었다. 30초 정도 차가운 기운을 사 용하지 않았을 뿐인데 전신이 땀으로 흥건했다.

"후아······."

서둘러 차가운 기운을 다시 꺼내자 열기가 대부분 사라졌 다. 물론 아직 조금 남긴 했지만, 이 정도면 늦봄의 따스함 수 준일 뿐이었다. 그런데 홀을 한 번 더 지나면서 제대로 된 뜨 거움을 맛보게 되었다. 이 정도면 초여름 땡볕에 서 있는 것과 크게 다르지 않았다.

"오빠."

"어?"

"이거, 차가운 기운 있잖아."

"응."

"노, 녹고 있는데?"

무혁은 품에서 차가운 기운을 대량으로 꺼내어 동일하게 나 눴다.

"이 정도면 충분할 거야."

"우와, 최고!"

나아갈수록 기운이 녹는 속도가 빨라졌다.

"수량 다 떨어지기 전에 서둘러야겠다."

"응, 알겠어!"

"알겠습니다, 주군."

"오케이, 가자고."

사냥 자체는 어려운 게 없었기에 충분히 속도를 낼 수 있었다. 하지만 홀을 3개 정도 더 지나게 되니 차가운 기운을 사용함에도 전신이 땀으로 흥건해졌다.

"나 벌써 몇 개 안 남았다."

"나도……."

그건 무혁도 마찬가지였다.

"큰일인데……."

차가운 기운이 다 떨어지면 돌아가야 할지도.

"어, 잠깐만."

미간을 찌푸리던 무혁이 걸음을 멈췄다. 다시 등장한 홀 하나. 그 끝에 계단이 보였던 것이다.

"2층 입구다!"

"지, 진짜네! 가자고, 어서!"

달리기 시작하는 성민우.

[더위에 체력이 빠르게 손실됩니다.]
[10초마다 HP가 10씩 하락합니다.]

차가운 기운을 뒤덮고서 HP를 뺏어가기 시작한 더위. 하지만 멈추지 않았다. 입구가 멀지 않은 곳에 있었으니까.

속도를 높여 홀의 중앙을 지나치는 순간 진동이 울리더니 입구 앞에서 갑자기 몬스터가 생성되었다. 거대한 몸집을 자랑하는 중간 보스, 붉은 오크 대전사였다.

같은 시각. 블랙 길드장 혁수는 부길드장의 이야기를 주의 깊게 들었다.

"차가운 기운의 조각, 뜨거운 기운의 조각 두 가지요?"

"네, 무혁 님이 일루전TV를 끄고 곧바로 경매장에서 그 두 가지가 400개씩 판매되었더군요. 평소에는 하루에 10개 정도 팔리는 물건이었거든요. 너무 안 팔리는 물건이기도 했고 또 더위와 연관이 있는 게 있을까 싶어서 뒤적이다 보니 생각보다 쉽게 파악할 수 있었습니다."

혁수가 웃었다.

"역시 우리 부길드장님."

"하하, 뭘요."

"수고했어요."

"감사합니다."

"자, 그러면 길드원 전부에게 각자 100개 정도씩 구입하라고 전해주세요."

"알겠습니다."

혁수도 두 가지 기운을 구입했다.

이거였구나.

그래서 무혁과 그 일행들이 더위를 쉽게 견뎠던 것이다.

그런데…….

의문이 머릿속을 어지럽혔다.

무혁 님은 어떻게 안 거지? 게다가 뜨거운 기운의 조각은 또 왜 구입한 걸까. 설마 오픈된 지 얼마 되지도 않는 탑의 2층에 대해서 알고 있는 걸까.

이해가 되지는 않았지만, 일단은 큰 도움이 될 것이기에 의문은 잠시 집어 넣어뒀다.

"모두 구입했나요?"

"예!"

"그럼 바로 출발하죠."

다시 한번 탑으로 들어갔다. 열기가 느껴질 무렵 차가운 기운을 인벤토리에서 꺼냈다. 그러자 거짓말처럼 더위가 사라졌다.

"와우……."

혁수의 혼잣말에 시선이 집중되었다.

"아, 하하. 지금 차가운 기운 꺼내셨나요?"

"아뇨, 아직…….'

"지금 꽤 덥죠? 한번 써보시죠."

그에 길드원 전부 차가운 기운을 꺼냈고, 화아악- 하고 몰아치는 시원함에 전율했다.

"우, 우오오……!"

"대에에에박!"

"길드장님, 이거 엄청 시원해요!"

"더위가 완전……!"

혁수가 다급히 손가락을 입에 올렸다.

"쉬잇!"

"아……!"

하지만 이미 주변 유저들의 시선이 쏠려 버리고 말았다.

"저기요, 시원하다고요?"

"어, 그게……."

"손에 들린 건 뭐예요?"

"어떻게 해야 시원한 거죠? 저희도 좀 알려주세요!"

"어, 블랙 길드 맞죠?"

"무슨 특별한 방법이라도 있나 본데?"

쏟아지는 관심에 혁수가 고개를 숙였다.

하, 젠장.

지금 알려지면 경쟁만 치열해질 뿐이었다. 혁수는 마음을 굳게 먹었다.

"길드원 여러분."

"예!"

"속도 올립니다."

그러곤 전력으로 질주하기 시작했다. 혁수의 모습에 길드원도 다급히 지면을 찼다. 동시에 주변에 있던 다른 유저 역시 관성적으로 그들의 뒤를 쫓아갔다.

"어, 저, 저기요. 좀 알려주세요!"

"야, 쫓아가!"

홀 하나를 지나고.

"뭐야, HP 닳잖아!"

"아, 놔……!"

홀 두 개를 지났을 때.

"길드장님!"

"왜요?"

"이제 안 쫓아옵니다!"

"어, 그래요?"

자리에 멈춘 혁수가 뒤를 확인했다. 정말로 유저가 없었다.

"후, 다행이네요."

차가운 기운 덕분에 그들은 아직 더위의 영향을 거의 받지 않고 있었다.

"아무튼, 이거 정말 좋네요. 물론 거의 녹아버렸지만요."

"저도 녹아서 새로 꺼냈어요."

하지만 모두 여유로운 표정이었다.

"다들 여유분 넉넉하죠?"

"그럼요."

아직도 99개의 차가운 기운이 인벤토리에 있었으니까.

"차가운 기운이 모두 소모되기 전에 2층으로 올라가 봅시다."

"알겠습니다!"

앞서 나간 무혁을 반드시 따라잡으리라 다짐하며 걸음을 내디뎠다.

리바이브로 되살려 낸 붉은 오크 광전사와 소환수 스켈레톤들이 오크 대전사를 포위했다. 오크 대전사의 키는 상당히 컸지만, 자이언트 외눈박이 역시 만만치 않았다. 둘이서 힘겨루기를 하는 동안 쉴 새 없이 퍼부어지는 공격이 놈의 전신을 두드렸다.

-강한 일격.

-가속 찌르기!

-파워샷.

콰과과광! 큰 소리와 함께 아머메이지의 속성 마법도 날아갔다. 하지만 이게 끝이 아니었다.

찍, 찌직.

예린의 강화 다람쥐들이 재빠르게 뛰어올라 대전사의 곳곳을 할퀴고 깨물었다. 강화가 높게 된 상태라 생각보다 대미지가 꽤 들어갔다.

"으라차차차!"

성민우와 그의 정령도 제 몫을 다해줬다.

"흐읍……!"

도란 역시 화살을 꾸준히 날렸다.

물론 대미지는 가장 약했지만.

"무리하지 말고!"

"오케이!"

조각이 몇 개 남지는 않았지만 그렇다고 조급해지면 죽어버리릴 위험이 있기에 최대한 자제를 시키려고 애썼다. 물론 스스로도 노력했고.

그러다 갑자기 엄청난 속도로 줄어들기 시작하는 HP를 보며 무혁이 멈칫거렸다.

[더위에 체력이 빠르게 손실됩니다.]
[10초마다 HP가 160씩 하락합니다.]

분당 960의 HP가 줄어드는 어마어마한 페널티였다.

"조각 녹으면 HP가 160씩 떨어지니까 신경 써!"

"오빠, 160이라고?"

"어!"

"미, 미리 꺼내봐야겠다."

성민우는 허겁지겁 손을 놀리고 있었다.

"넌 왜?"

"어, 나 HP가 벌써 절반 아래로 떨어져 있더라고……."

"미친놈아, 신경 좀 쓰라고!"

"오케이, 오케이."

대답을 들으며 무혁도 새로운 조각을 꺼냈다.

[10초마다 HP가 10씩 하락합니다.]

그제야 페널티가 줄어들었다.

"후, 다시 시작하자고."

안도하며 다시 붉은 오크 대전사를 공격했다.

풍폭, 강력한 활쏘기.

중간 보스 몬스터. 게다가 1층의 입구를 지키는 녀석이었다. 본래라면 절대로 쉽사리 쓰러뜨릴 수 없는 놈이었다.

하지만 지금은 상황이 조금 달랐다. 일단 무혁이 소환한 스켈레톤 전원이 6강의 무기를 손에 지닌 상태였다. 게다가 무혁 역시 길드전을 통해 스탯을 대폭 증가시켰다. 30퍼센트의 영향을 받으면서 스켈레톤의 스탯 역시 상당히 증가했다. 그런 녀석들이 한 방썩만 때려도 그게 도대체 대미지가 얼마일까.

크, 크워어어어!

하나만은 확신할 수 있었다. 정말 말도 안 되는 수준일 것이라는 점.

다시 공격!

아머 메이지와 일반 메이지들의 마법 공격이 한 번 더 뿜어졌고.

콰과과과광!

소리와 함께 지축이 흔들리고 놈이 쓰러졌다.

크, 크르……

붉은 오크 대전사를 처리한 후 걸음을 서둘렀다.

"나 조각 벌써 녹았다. 빨리 가자!"

"오케이!"

서둘러 입구로 향한 무혁이 안도의 한숨을 쉬었다.

다행이야.

생각보다 더 난이도가 높았다. 연금술을 이용해 한층 더 강력하게 만들지 않았더라면 아마 1층도 클리어하지 못했으리라. 물론 대규모 길드는 상황이 조금 다를 것이다. 그들에겐 다수의 사제가 있을 테니까.

"여긴 안 더우니까 좀 쉬었다가 가자."

"알겠습니다, 주군."

다들 자리에 앉았다.

"리바이브."

무혁은 붉은 오크 대전사를 살려낸 후 스켈레톤과 함께 마계로 보냈다.

['아머메이지2'가 역소환됩니다.]

['아머메이지3'이 역소환됩니다.]

['아머아처1'이 역소환…….]

순식간에 소환수 전원이 죽어버렸다.

심지어, 되살려 낸 오크 대전사까지도.

이거, 참. 속으로 쓴웃음을 지으며 무혁도 자리에 앉았다.

한편. 블랙 길드장은 지금 꽤 난감한 상황이었다. 차가운 기운이 급속도로 녹아버리기 시작하면서 지니고 있던 수량 대부분을 소모한 까닭이었다.

"기, 길드장님. 어쩌죠?"

"알다시피 탑 내부에서는 경매장 이용이 불가능합니다. 그렇다고 여기까지 왔는데 다시 돌아가자니 아쉽기도 하고요."

"그렇긴 하죠."

"그래서 최대한 아끼면서 조금 더 가볼 생각입니다. 현재 차가운 기운이 대략 10개 정도씩 남았을 텐데요. 사제들의 힐을 받으면서 사용을 자제해 주시길 바랍니다. 어쩔 수 없을 경우에만 꺼내서 사용해 주세요."

길드장 혁수의 말에 다들 고개를 끄덕였다.

"알겠습니다."

"후우, 그래요. 여기까지 왔는데……"

"까짓것. 가보죠, 뭐."

혁수는 충분히 신뢰받고 있었다.

"고맙습니다. 그럼 속도를 내죠."

모두 빠르게 달렸다. 가는 길에 1개, 또 1개. 차가운 기운이 소모되었다. 힐을 받으면서 최대한 아꼈음에도 불구하고 말이다. 하아, 결국 무리인가? 그렇게 생각하는 순간.

"어, 길드장님!"

"네?"

"저, 저기……!"

드디어 2층으로 향하는 계단을 발견한 것이다.

"역시 길드장님이 감이 좋다니까."

다들 기쁘게 앞으로 향했다.

크르르르!

그러다 갑자기 나타난 붉은 오크 대전사를 보며 기겁했다.

"이런, 씨앙!"

덩치가 워낙 거대해서 2층으로 가는 계단이 전부 가려졌다. 그 탓에 결국 놈을 상대할 수밖에 없어졌다. 그나마 길드 단위로 왔기에 숫자가 많아 다행이랄까.

하지만 5분도 지나지 않아 문제가 발생했다.

"길드장님!"

"왜요!"

"차가운 기운이 전부 떨어졌습니다!"

"10초마다 160씩 HP가 줄어들어요!"

그건 혁수도 마찬가지였다.

이런, 미친.

"사제들은 쿨타임 돌아올 때마다 치료 스킬 사용하세요!"

"아, 네! 그레이트 힐!"

"전체 치유 스킬도 아끼지 마시고요!"

그럼에도 불구하고 상황은 극히 위험했다.

지속적으로 따르는 HP와, 오크 대전사가 퍼붓는 파괴력.

"제엔자아앙!"

결국 길드원이 한 명씩 죽어가기 시작했다.

"유인이라도 좀 해봐요!"

"안 움직이는 걸 어쩝니까?"

또다시 길드원이 죽어버리고, 혁수가 미간을 찌푸렸다. 희생은 어쩔 수 없었다. 여기까지 와서 돌아갈 수도 없는 일이었으니까.

"공격, 무조건 공격하세요!"

"하고 있다구요!"

"조금만 더!"

"이 새끼야, 좀 죽어라!"

절반 넘는 길드원이 사망하고서야 놈을 처리할 수 있었다.

"서둘러요!"

다급히 2층 계단으로 향했고 그제야 HP의 손실이 멈췄다.

"하, 사, 살았다……."

안도하며 자리에 주저앉았다.

같은 시각. 무혁과 일행은 2층을 클리어하고 3층 계단에서 휴식을 취하는 중이었다.

"하, 1층은 더럽게 덥고. 2층은 미치도록 춥고. 이게 무슨 거지 같은 던전이냐, 진짜."

"힘드냐."

"아니, 뭐. 조각 덕분에 크게 힘들진 않았지만……. 근데, 진짜 대단하다. 차가운 기운의 조각이야 그렇다고 치자고. 뜨거운 기운의 조각은 또 언제 준비한 거야, 도대체."

"그냥 더운 지역이나 추운 지역. 그리고 뭐 이상한 지역에 언제라도 갈 수 있는 거잖아. 급하면 정비를 못 할 수도 있고. 그래서 미리미리 준비해 둔 거지."

"크, 독한 놈."

"준비성이 철저하다고 해주면 좋겠는데."

"맞아, 우리 오빠 덕분에 쉽게 온 거잖아."

"그렇습니다! 모두 주군 덕분인데……!"

예린과 도란까지 가세하여 무혁의 편을 들자 성민우가 고개를 숙였다.

"소인의 생각이 짧았사옵니다."

"어휴, 정말."

무혁이 몸을 일으켰다.

"다 쉰 거 같은데, 가보자고."

"아, 나 아직 힘든데."

"힘들긴. 30분이나 쉬었잖아."

"그, 그렇긴 한데."

"왜?"

"하, 3층은 또 어떤 이상한 환경일지 걱정돼서."

"그래도 클리어하는 해야지."

"그래, 해야지."

한숨을 쉬며 세 사람이 일어났다. 곧이어 계단을 오르고, 드러난 환경에 무혁을 제외한 세 사람이 입을 떡- 벌렸다.

"이건 또, 무슨……."

"아, 정말……!"

한눈에 봐도 짜증이 날 정도로 질퍽한 늪지대였다.

"후우, 그래도 더위나 추위보다는 낫다."

성민우가 투덜거리며 한 걸음을 내디뎠다.

쑤욱. 발이 깊게 빠지는 것과 동시에.

[독에 중독되었습니다.]

[10초마다 HP가 25씩 하락합니다.]

온몸이 시퍼렇게 변색되었다.

"이런 쉬펄……!"

"민우 오빠, 갑자기 왜 욕이야?"

"아, 이거 늪에다가 독까지 있어."

"진짜……?"

"어. 하, 아까 했던 말 취소다. 1, 2층보다 더 극악이야, 이거! 지금 허리까지 빠진 거 보여? HP는 줄어드는데 다리가 안 움직인다고!"

결국 무혁이 손을 뻗어 그를 구해줬다.

"와, 이건 무슨 쇠심줄도 아니고."

"못 움직일 정도야?"

"아니, 뭐. 움직이려고 하면 움직일 수 있겠지. 근데 이 정도면 아무리 생각해도 나아가기는 무리인 것 같은데……."

"가다가 몬스터 만날 수도 있고."

"그렇지."

그에 무혁이 인벤토리를 뒤적거린다.

"너, 설마……?"

성민우가 기대에 찬 표정을 지었다.

"여기서 또 뭔가 나오면 진짜 준비성이 미치도록 철저하다고 인정해 주마."

"굳이 인정받고 싶은 마음은 없는데……."

그러면서 꺼낸 아이템. 강력한 응고제였다. 응고제를 앞쪽에 위치한 늪에 툭 하고 던지자, 화아아악- 하고 거짓말처럼 늪이 변색되었다.

"어어. 뭐냐, 이건?"

무혁은 대답 대신 행동으로 보여줬다.

저벅.

늪이었던 곳에 들어섰으나 성민우와는 달리 발이 빠지지 않았다. 평범한 길을 걷듯이 앞으로 나아가기 시작한 것이다.

"와, 뭐야!"

"응고제야, 응고제."

"미친, 그런 것도 평소에 들고 다닌다고?"

"어."

"그래, 인정. 준비성 더럽게 철저하다."

"고맙다."

"민우 오빠, 우리 오빠 좀 그만 괴롭혀."

"송구하옵니다."

성민우의 장난에 다들 고개를 저으며 걸음을 옮겼다. 응고제 덕분에 늪이었던 곳이 단단한 길이 되어버려서 이동에 어려움은 없었다. 물론 얼마 가지 않아서 다시 응고제를 사용하는 행위를 반복해야 했지만 말이다.

"저기 몬스터!"

"준비들 해."

마침 나타난 몬스터. 놈들을 상대하기 위해 성민우는 정령을, 예린은 다람쥐를, 무혁은 스켈레톤을 소환했다.

크워어어!

본격적인 전투가 시작되고, 놈이 내뿜은 독연을 들이마시고 말았다. 숨은 쉬어야 했으니, 피할 수 없는 공격이라고나 할까.

[검은 안개에 중독되었습니다.]

[10초마다 HP가 200씩 하락합니다.]

[30분간 지속됩니다.]

그에 안개에 중독되고 말았다.

"이건 또 뭐냐고……!"

30분을 꼬박 버티게 되면 무려 36,000에 해당하는 HP의 손실을 감당해야만 한다.

만약 응고제를 준비하지 않았더라면 추가로 늪지대에 빠지게 되면서 독에 중독당했을 것이고 움직임에 상당한 제약을 받았으리라.

"크, 응고제는 신의 한 수였지만!"

콰아앙!

성민우가 공격을 피하며 주먹을 내뻗자 폭발과 함께 몬스터가 흔들렸다.

"검은 안개는 더 짜증 난다, 쉬펄!"

이번에는 점프해서 발을 내리찍었다. 정령, 스켈레톤의 도움을 받으며 몬스터를 무난하게 처리할 수 있었다.

"아, 이거 어쩌지?"

"검은 안개?"

"어, HP가 엄청나게 떨어지는데?"

"주군, 저도 어지럽습니다."

"오빠, 난 HP가 적어서 피해가 더 큰 거 같아."

그들의 말에 무혁이 웃었다.

"엥……?"

그 미소를 보며 성민우가 눈을 크게 떴다.

"서, 설마 또……?"

"그래, 그 설마다."

무혁의 손에 '한층 더 강력해진 해독제'가 들려 있었다. 이번에는 성민우뿐만이 아니라 도란도 무혁의 철저한 준비성에 약간은 질린 표정이었다.

"조, 좀 심하다, 너?"

"주군……"

하지만 한 사람. 예린만큼은 달랐다.

"오, 오빠."

"음?"

"완전 멋있어……!"

눈에서 하트가 쏟아질 것만 같았다.

"완전 멋있지?"

"웅! 어쩜 준비성도 철저한 거야? 부족한 게 뭐야, 정말."

"부족한 게 있을 리가."

두 사람의 애정 행각에 성민우가 고개를 숙였다.

"우웨에에엑."

그러곤 토를 할 것처럼 과장된 연기를 했다.

"야, 나 진짜 토할 거 같다. 해독제나 빨리 줘봐."

"아아, 그래."

무혁은 웃으며 해독제를 모두에게 나눠줬다.

"일단 마셔."

"감사합니다, 주군."

"그래, 고맙다……."

모두 해독제를 들이켰다.

[검은 안개가 해독되었습니다.]

"이제 HP 안 줄어들지?"

"어, 효과 완전 괜찮네."

"당연하지. 그리고 이거……."

해독제를 다량 꺼냈다.

"똑같이 나누자고, 일단."

"고마워, 오빠!"

모두 지급된 해독제를 인벤토리에 넣었다. 물론 도란은 품에 넣었고 모자라는 건 무혁이 대신 맡아주기로 했다.

"수량이 많지는 않으니까 최대한 아끼자고."

"어떻게?"

"음, 몬스터 두 마리에 해독제 1개 정도?"

"그럼 이동을 빨리해야겠네."

"그렇지."

계획처럼 사용해도 크게 위험하진 않을 것 같았다. 다들 동의한 상태에서 앞으로 나아갔다.

"또 늪이다."

늪이 나올 때마다 응고제를 사용해 길을 만들었고.

"주군, 나타났습니다."

몬스터가 보이면 최대한 거리를 둔 후 소환수만으로 처리했다. 그러다 재수 없게 독에 중독이 되면 되도록 해독제를 마시지 않고 버티면서 걸음을 서둘렀다. 한 마리의 몬스터라도 더 처리하고 마시는 게 좋았으니까.

"후, 죽였다!"

"이제 마셔도 되지?"

"어."

"크, 페이스 괜찮은데? 3층도 가뿐하게 클리어해 보자고!"

하지만 기대는 금세 사그라졌다.

"아, 젠장……!"

조금 걸을 때마다 응고제를 1개씩 사용해 버리니 벌써 수량이 줄어든 게 눈에 보였다. 해독제뿐만이 아니라 응고제 역시도 사용을 자제할 필요가 있었다. 해서 몬스터가 나타나지 않는 지역은 응고제 없이 나아가기로 했다.

"늪이 너무 깊어."

"오빠, 나 상체까지 다 빠질 거 같아……."

무혁이 손을 뻗어 예린을 들어 올렸다.

"괜찮아?"

"응! 근데 갈수록 깊어지네. 독 기운도 강해졌고."

현재는 10초마다 HP가 50씩 줄어들고 있는 상태였다.

"응고제가 부족하니 별수 없지."

"맞아. 이 정도만 해도 어디야."

한참을 이동하던 중, 몬스터가 등장했다.

"모두 올라와!"

스킬을 사용해서 위로 솟구친 네 사람. 허공에서 응고제를 꺼내어 아래로 던졌다. 순식간에 늪이 단단하게 굳어버렸다.

탁. 부드럽게 착지한 후.

"소환."

스켈레톤을 불러내 나타난 몬스터를 상대했다.

도대체 며칠이나 밤을 새운 걸까.

"거, 거의 다 됐습니다!"

"그 말만 몇 번째냐고……!"

"진짜예요, 이번에는!"

"그래, 서두르자 좀. 도대체 무혁, 그 유저 때문에 뭔 짓인지 모르겠다."

"후, 힘들어 죽겠습니다."

"하, 예전이었으면 그냥 계정 정지라도 시켜 버리는데……."

"미친놈. 지금이 어느 시대인데 그딴 소리야?"

"그래서 예전이라고 그랬잖아요……."

"아이고, 시끄럽고. 서두르기나 해."

"예에……."

그로부터 1시간이 더 지나고서야 바삐 움직이던 운영진들이 의자에 앉았다. 모두 축 늘어진 상태에서 입꼬리만 위로 향했다. 너무 힘들었지만 이제 끝났다는 생각에 웃음을 참을 수 없었던 것이다.

"하아, 드디어…… 끝……!"

"그래, 끝이다. 드디어 끝이라고!"

"시바아아아알!"

그 순간 문이 벌컥 하고 열렸다. 운영팀장이었다.

"시스템은?"

"전부 손봤습니다."

"공지는?"

"지금 바로 올리려고 했습니다."

운영팀장이 미간을 찌푸렸다.

"아직까지 안 올리고 뭐 한 거야!"

"바, 방금 마무리가 되어서……."

"변명, 또 변명! 한시가 급한 거 몰라? 서둘러 올리라고!"

운영팀장이 나가고 직원들이 다시 손을 바삐 놀렸다.

"더럽다, 더러워."

"그래도 조금만 더 힘내자구요."

"에휴, 그래야지."

공지만 올리면 된다, 공지만.

탁, 타다닥. 자판기를 빠르게 두드리고.

"다 됐냐?"

"예, 거의 다……."

마지막으로 엔터를 꾸욱 눌렀다.

[글이 등록되었습니다.]

그렇게 하나의 글이 일루전 홈페이지, 최상단에 올라갔다.

[제목 : ㈜일루전 시스템 개편 공지.]

[내용 : 안녕하십니까. ㈜일루전의 운영진 일동입니다. 최근 많은 논란이 되고 있던 길드전 시스템과 편의를 위해 일부 시스템을 개편했습니다.

1. 길드전 신청을 받았을 경우, 승패 여부에 관계없이 최소 기한이 3일이었던 점.

-〉길드전에서 패배했을 경우 최소 기한이 2배씩 증가하도록 개편하였습니다.

EX)첫 번째 패배 후, 최소 기한 6일. 두 번째 패배 후, 최소 기한 12일.

2. 길드전에서 승리한 후, 길드를 해체하고 새롭게 길드를 창설. 같은 곳에 길드전을 신청하는 것이 가능했던 점.

-〉시스템 악용으로 판단하여 길드 해체 이후 새롭게 길드를 창설할 경우, 해당 길드는 최소 1개월 동안 길드전에 참여할 수 없도록 개편하였습니다.

3. 일부 아이템의 옵션이 밸런스 붕괴에 미미한 영향을 주고 있다고 판단. 해당 아이템 옵션을 개편하였습니다.

4. 소통에 대한 편의를 위해 길드전 채팅 시스템과 친구 채팅 시스템을 개편…….

이상이 주요 개편 내용입니다.

7월 11일 새벽 4:30분부터 4:35분까지 적용을 위한 점검이 있을 예정이니 이용에 참고를 부탁드립니다.]

오타나 이상한 부분이 없는지 확인한 후 만세를 외쳤다.

"만세에에에!"

"드디어 야근 끝이다!"

길었던 고난이 그렇게 마무리되었다.

휴식을 취하며 홈페이지를 살피던 무혁.

"어, 공지사항 올라왔네?"

"응? 무슨 내용인데?"

"길드전 시스템 개편이랑……."

이건 예상하고 있었던 부분이었다.

그런데……!

"아이템 옵션 개편?"

생각하지도 못했던 사항이 있었다.

아, 이거 불안한데?

사실 길드전을 치르기 전부터 백마군의 붉은 단검이 밸런스를 심각하게 붕괴시킬 수준의 아이템임을 알고 있었다. 길드전을 치르면서는 더욱 확실하게 체감했고. 그래서 어쩌면 개편이 될지도 모른다고 생각했는데 이번 공지사항에 떡하니 나와 버렸다.

물론, 언급은 없지만, 단검이 포함되었을 확률은 99퍼센트 이상이리라. 별수 없다. 부디 하향은 있으되, 무가치할 정도의 수준만 되지 않기를 바랄 뿐이었다.

"뭐야, 꽤나 개편하네? 대규모인데? 그리고 이거 길드전 개편은 우리 때문이겠지?"

"아마도."

"하긴, 좀 심하긴 했었지."

성민우가 크큭거리며 웃었다.

"그리고 아이템?"

순간 무혁에게로 시선이 쏠렸다.

"불안하겠다?"

"불안은 무슨. 거의 100퍼센트지, 뭐."

"아, 오빠. 그 단검 때문에 그러는 거지?"

"응."

"개편되면 아쉽겠다……."

"괜찮아. 아직 어떻게 될지 모르니까."

점검은 내일 새벽. 자고 일어나면 어떤 아이템이 바뀌었는지 확인할 수 있으리라.

"일단은 신경 끄고 클리어에 집중하자고."

"오케이."

걸음을 내딛는 모두의 미간이 찌푸려진다. 나아갈수록 깊어지는 늪. 결코 놓아주지 않는 거미줄처럼 하체를 옭아매기 시작한다. 그로 인한 정신적인 소모, 체력적인 소모가 적지 않았다. 게다가 간간이 나타나는 풀숲에선 몬스터가 아닌 기형적인 독벌레가 튀어나왔고 그것들이 전신에 달라붙어 소름을 돋게 만든다.

"아, 또……!"

"벌레 진짜 싫어어어어!"

그야말로 최악의 환경. 몬스터를 몇 마리를 더 처리하고 나니 피로가 극에 달했다.

"하아, 무혁아."

"어."

"좀 쉬다가 저녁 먹고 다시 접속하자."

예린을 쳐다봤다. 그녀 역시 상당히 지친 표정이었다. 나도 마찬가지고.

"그래, 그럼 8시까지 보자."

"크, 잘 생각했어."

"오빠, 나가서 전화할게."

성민우와 예린이 나가고, 무혁은 옵션을 열어 캐릭터가 사라지지 않게 설정했다. 혹시라도 위험이 발생할 경우 곧바로 알람이 울리도록 추가로 설정을 마쳤다.

"소환."

이후 스켈레톤을 소환한 후 도란을 쳐다봤다.

"잠깐 혼자 있어야겠는데."

"괜찮습니다, 주군."

조금 걱정이 되긴 했지만, 스켈레톤이 있으니 3시간 정도야 괜찮으리라.

"그럼 조금 있다가 보자."

"예!"

무혁은 자리에 누운 상태에서 게임에서 나갔다. 그러자 캐릭터가 가만히 눈을 감았고 그 모습을 보던 도란도 옆에 자리를 잡고 앉아 휴식을 취했다.

제5장
클리어

무혁을 저녁을 먹자마자 바로 게임에 접속했다.

[새로운 세상에 오신 것을 환영합니다.]

죽은 듯 누워 있던 캐릭터가 눈을 떴다.

"주군? 벌써 오신 겁니까?"

"그냥, 걱정돼서."

무혁을 주변을 살폈고 아무런 문제도 발견하지 못했다.

"심심한데 조금만 가볼까?"

"저야 좋습니다, 주군."

도란에게는 이 모든 것이 어마어마한 경험이었다. 게다가 이러한 경험들이 쌓이면서 레벨까지 무서운 속도로 오르고 있었다. 처음 만났을 때보다 16레벨이나 올랐다.

이름 : 도란

레벨 : 147

직업 : 궁수

직위 : 무

충성도 : 최상

특기 : 탐색, 추적, 훈련.

상당히 빨라. 흡족하게 웃으며 주변을 돌아다녔다.

"주군, 몬스터입니다."

"한 마리 정도야, 뭐. 한번 싸워보자고."

"예!"

스켈레톤도 있으니 힘들진 않으리라. 각 스켈레톤 1번에게 지휘를 맡긴 후 무혁은 시위에 화살을 걸었다.

옆에 있던 도란도 마찬가지.

둘은 같은 목표물을 겨냥했고 동시에 시위를 놓았다. 공기를 가르며 뻗어진 두 대의 화살이 정확하게 몬스터의 미간에 꽂혔다.

[크리티컬이 터집니다.]

오랜만에 보는 크리티컬 대미지에 눈이 호강했다.

뒤이어진 스켈레톤의 공격.

[경험치가 상승합니다.]

어렵지 않게 놈을 처리하고 조금 더 나아갔다.

"음……!"

그 순간 옆에 있던 도란이 자리에 멈췄다.

"왜 그래?"

"주변을 좀 살펴봐도 되겠습니까?"

"주변을?"

"예, 뭔가 좀 다른 느낌이 납니다."

순간적으로 스치고 가는 도란의 특기, 탐색. 그래서 고개를
끄덕였다.

"알아서 해봐."

"감사합니다."

이후 도란이 주변을 천천히 살폈다. 그리고 꽤 시간이 지나
고서야 특정 방향을 가리켰다.

"저기에 뭔가 있는 것 같습니다."

"가보자고."

우거진 수풀에 진입하자마자 벌레들이 사방으로 튀었다.

"으……!"

손을 휘저어 벌레를 쫓아냈다. 그래도 찌푸려진 인상은 좀
처럼 펴지지 않았다.

아, 벌레는 진짜…….

고개를 흔들며 다시 한 걸음을 내디뎠다.

"저쪽입니다, 주군."

"어, 그래."

얼마 가지 않아 도란이 멈췄다. 더 이상 나아갈 곳이 없었던 것이다. 끝이 보이지 않는 높은 벽이 앞에 있었는데 도란은 그 벽을 손으로 조심스럽게 만지기 시작했다.

무혁도 도란의 옆으로 이동해 벽을 두드렸다. 그러다 비어 있는 소리가 나는 공간을 발견했다.

툭, 툭, 투웅.

다른 부분과 소리가 달랐다. 순간 무혁의 눈빛이 변했다.

뭔가 있어.

검으로 강하게 휘두르자 벽면이 흩어지면서 내부로 진입할 수 있는 공간이 나타났다. 한눈에 봐도 심상치 않은 곳임을 알 수 있었다.

지금 당장 들어가고 싶었지만 참았다. 성민우와 예린. 두 사람을 제외할 순 없었으니까.

"일단 돌아가자."

"예, 주군."

본래 자리로 돌아가 두 사람이 접속하기를 기다렸다. 시간이 꽤나 더디게 흘렀다.

나가서 전화라도 걸어야 하나.

"잠깐 기다리고 있어."

"예."

결국 참지 못하고 일루전에서 나와 두 사람에게 전화를 걸어 상황을 설명했다. 그러자 처져 있던 목소리에 힘이 감돌더니 곧바로 접속하겠다고 대답해 왔다. 게임에 다시 접속한 무혁은 이미 접속해서 기다리고 있는 두 사람을 발견하며 헛웃음을 터뜨렸다.

"허, 벌써 왔어?"

"당연하잖아! 비밀 공간을 발견했다는데!"

"오빠, 어디야?"

두 사람의 들뜬 반응이 재밌었다.

"아까는 지쳐서 죽을 거 같다고 그렇게 난리를 피우더니."

"인생사 다 그런 거야. 그래서 어딘데?"

"어휴, 따라와라."

모두 함께 숨겨진 장소로 이동했다. 저 멀리 보이는 벽, 그 아래. 미약한 빛을 발산하는 어두운 공간이 멀리서도 한눈에 보였다.

"오오, 저기구만!"

"어."

"크, 어떻게 찾은 거야?"

"도란이 탐색에 일가견이 좀 있더라고."

"와우, 대단하신데요?"

"이 정도는 기본이죠. 크흠."

도란이 오랜만에 크게 웃었다. 지금까지는 짐만 된다고 생각하다가 제대로 한 건을 올린 덕분에 어깨가 절로 으쓱거리는 모양이었다. 참을 수 없는 즐거움이 도란의 표정에 그대로 드러났고 그 사실은 무혁과 성민우, 예린도 쉽게 파악할 수 있었다.

보기보다 단순하다니까.

그래도 침울해 보이던 도란이 저렇게 웃으니 마음이 편해졌다. 한결 가벼워진 상태에서 벽 내부의 공간으로 진입했다.

"오호라, 생각보다 넓은데?"

"어둡지도 않아."

곳곳에 박힌 돌에서 빛이 뿜어지고 있었다.

"저거 값 좀 나가려나?"

"아서라. 그냥 빛만 뿜는 돌이니까."

"아, 그래?"

그래도 아쉬운지 결국 확인해 보는 성민우였다.

"쩝, 진짜네."

빛을 내는 돌을 바닥에 버리고선 얼마나 이동했을까. 상당히 넓은 홀에 도착했다.

스윽. 무혁이 손을 들어 일행을 막아섰다.

"왠지 들어가면 몬스터 나올 거 같은데?"

"인정."

"뭐, 그래도 들어가야겠지만."

"그것도 인정."

먼저 소환수를 내부로 들여보냈다. 아무런 반응이 없었다.

결국 네 사람이 홀로 진입하고서야 변화가 일어났다.

[직업을 파악합니다.]

하나의 메시지가 떠오르더니 기둥 하나가 1미터 높이로 솟구쳤다. 그 위에는 4개의 상자가 놓여 있었다.

메시지의 내용과 분명 연관성이 있으리라.

그렇게 여기고 보니 저 상자에는 좋은 아이템이 들어 있을 거라는 확신이 들었다.

"직업을 파악한다고 했으니……."

"직업 관련 아이템이겠지."

"대박!"

크르르.

하지만 그냥 내어줄 생각은 없는 모양이었다. 광전사도 아니고 붉은 오크 대전사 5마리가 나타난 것이었다.

"이거, 제대로 싸워야겠는데?"

무혁은 서둘러 둔화의 독을 화살촉에 묻혔다.

풍폭, 연사.

다섯 마리 대전사를 노리며 시위를 놓았고, 화살은 정확하게 놈들의 몸통에 꽂혔다. 덕분에 움직임이 미미하게나마 느려졌다.

"약화."

약화 스킬로 한 번 더 대전사의 전력을 떨어뜨렸다. 어둠의 정령 소환, 근력 증가, 체력 증가. 뒤이어 아군 강화 스킬을 사용했다. 그사이 성민우는 선두로 나서 놈들과 이미 한바탕 어울리고 있었다.

"어, 시바아알. 너무 세!"

무혁도 윈드 스텝을 사용하여 놈들과 거리를 좁혔다. 무려 다섯 마리. 중간 보스급. 쉽지 않은 상황이었다.

"무리하지 마!"

"예, 주군!"

"알겠어, 오빠!"

스켈레톤을 최대한 나눠봤지만 동시에 감당이 가능한 건 세 마리였다. 한 마리는 무혁과 예린이 상대하기로 했고 남은 한 마리는 성민우와 도란이 맡았다.

최대한 빨리 처리해야 돼!

무혁의 검이 오크 대전사의 옆구리에 박혔다.

콰아앙!

풍폭으로 인한 폭발에 놈이 움찔거렸다.

풍폭, 십자 베기.

연이어 공격을 가했고 조금이라도 빨리 처치하기 위해 아이템도 아끼지 않았다. 출혈의 눈물, 약화의 마비, 환각의 독. 전부를 사용해 한 마리를 몰아붙였다. 예린의 마법 역시 간간이 터졌고 다람쥐들도 대전사의 전신에 미미하지만 대미지를 주고 있었다. 아머아처와 활뼈가 뼈 화살을 꾸준히 날려주고 있었다.

"으, 젠장……!"

그때 옆에서 들린 성민우의 목소리.

"크윽!"

꽤나 위급한 상황이었다. 급히 검을 활로 바꾼 후 화살에 혼란의 물약을 묻혔다.

풍폭, 강력한 활쏘기.

성민우와 도란이 맡고 있는 오크 대전사에게 화살을 날렸다. 혼란의 물약이 적용되면서 놈은 3초간 신체 지배력을 잃었고, 덕분에 위기에서 벗어난 성민우가 놈의 머리를 집중적으로 공격하기 시작했다.

"고맙다아아아, 으라차차아!"

"조금만 더 버텨!"

"오케이!"

그사이 무혁은 메이지와 아처에게 공격을 명령했다.

쾅, 콰과과광!

무혁이 상대하고 있던 대전사가 비틀거렸다.

풍폭, 파워대시.

놈의 허벅지에 어깨가 닿자, 강한 힘에 균형을 잃은 대전사가 쿠우웅- 하고 넘어졌다. 무혁은 곧바로 점프하여 녀석의 눈알에 검을 꽂아버렸다.

[크리티컬이 터집니다.]

다시 한번 더. 푹, 푸욱!

풍폭으로 인해 폭발이 더해졌다. 연속 크리티컬까지!

크워어어어!

분노한 붉은 오크 대전사가 몸을 비틀며 팔을 휘둘렀고 피하지 못한 무혁이 한참이나 날아가 벽에 부딪히며 떨어졌다. 벌떡 일어난 무혁이 윈드 스텝을 사용해 놈에게 다가가 검을 그었고, 녀석 또한 팔을 휘둘러 무혁을 가격했다.

퍽, 퍼버버벅.

의외로 거친 난투극이 펼쳐졌다.

"그래, 누가 이기나 해보자!"

역시나 대전사의 파괴력은 상당했다.

[791의 대미지를 입습니다.]

[1,255의 대미지를……]

하지만 높은 HP와 방어력을 믿고 차라리 한 대를 맞으면서, 그사이에 한 번 더 공격하기로 결심을 내린 터였다.

풍폭, 십자베기! 풍폭, 풍폭……!

쿠우웅. 위에서 파공음을 발산하며 내려오는 녀석의 주먹. 그대로 머리에 맞으며 바닥에 고꾸라졌으나 그 상황에서도 무혁은 검을 뻗었다.

크워어어어어!

어차피 HP만 닳을 뿐, 충격은 거의 없었기에 곧바로 몸을 일으켰다. 무혁은 측면으로 돌아 검을 휘둘러 대미지를 입혔

다. 직후 검을 화살로 변경, 장막의 물약을 화살에 묻힌 후 성
민우가 맡고 있는 오크 대전사를 겨냥했다. 덕분에 다시 한번
위기에서 벗어난 성민우였다.

그 모습을 확인한 무혁이 고개를 돌려 눈앞에 있는 대전사
를 쳐다봤다. 마침 거대해진 녀석의 주먹. 놀란 무혁이 다급히
몸을 날렸고 동시에 화살을 지팡이로 변경했다.

죽은 자의 축복.

지팡이를 검으로 다시 변경하여 놈에게 접근해서 퍽, 퍼버
버벅 소리가 나는 치열한 난투를 벌였다.

조금만, 조금만 더! ……전원 공격!

아머메이지의 쿨타임이 돌아왔을 때, 녀석들의 마법을 무혁
이 상대하고 있는 대전사에게 집중시켰다.

콰과과광!

그제야 한 마리를 처리할 수 있었다.

[붉은 오크 대전사4의 힘이 상자에 전이됩니다.]

그러자 대전사의 기운이 상자에 흡수되었다.

뭐지……?

의문은 잠시, 성민우와 도란을 돕기 위해 움직였다. 겨우 한
마리가 줄었을 뿐이지만 그 차이는 생각보다 컸다.

"죽어, 새끼야!"

성민우 역시 여유를 찾고 제대로 된 공격을 가했다.

크, 크르르.

결국 한 마리를 더 죽일 수 있었다.

[붉은 오크 대전사2의 힘이 상자에 전이됩니다.]

녀석의 몸에서 뿜어진 기운이 이번에도 상자로 날아갔다.

"뭐야, 저건?"

"글쎄."

"흐음, 한 마리 죽일 때마다 보상이 좋아지는 거 아냐?"

성민우의 말은 상당히 그럴듯했다.

"그럴지도."

"크, 그럼 무조건 다 처리해야겠네."

성민우가 다시금 전투로 난입했다.

"흐아아압!"

스켈레톤이 맡고 있는 세 마리를 처리하기 위함이었다. 무혁도 화살을 꾸준히 날렸다. 아직 스켈레톤이 잘 버텨주고 있었기에 굳이 근접에서 공격할 필요가 없었던 탓이었다. 꽤나 여유 있게 상대를 했음에도 불구하고 남은 셋을 처리하는 건 어렵지 않았다.

역시 차이가 크네.

스켈레톤의 도움이 있을 때와 없을 때의 차이.

"후아, 아무튼 다 처리했네."

"이제 상자나 획득하러 가보자고."

"좋지."

네 사람 전부 상자로 향했다. 오크 대전사 다섯 마리의 기운이 흡수된 상황인지라 기대가 되지 않을 수 없었다.

"일단 하나씩 열어본다?"

"열어서 적당히 나누는 게 좋겠지."

"전 상관없습니다, 주군."

무혁은 의견을 듣고 첫 번째 상자의 뚜껑을 열었다.

화아악.

붉은 기운이 무혁에게로 흡수되었다.

[붉은 오크 대전사의 상체를 획득합니다.]
[붉은 오크 대전사의 하체를 획득합니다.]
[붉은 오크…….]

무혁의 눈동자가 빛났다.

"이거……."

소환수 제작에 필요한 신체 부위가 모두 들어 있었다. 마정석과 용심을 구하게 되면 붉은 오크 대전사를 부릴 수 있게 되는 것이다. 자이언트 외눈박이처럼.

무혁의 입꼬리가 올라갔다.

"오, 뭐야? 뭔데?"

"오빠, 좋은 거야?"

"어, 좋아. 근데 나머지 상자는 각자 열어봐야겠는데? 내가 여니까 나한테 필요한 아이템이 들어와서."

그에 세 사람이 상자를 선택했다.

"난 이거."

"전 이걸로 하겠습니다."

"그럼 난 이거."

그리고 동시에 열었다.

"오오……!"

모두 괜찮은 아이템을 획득한 표정이었다.

"엄청난 힘입니다, 주군."

"크, 이거 죽인다!"

"고생한 보람이 있네."

다들 만족하며 잠깐이나마 휴식을 취했다. 그사이 스켈레톤을 다시 소환할 수 있게 된 무혁은 다섯 마리의 붉은 오크 대전사를 리바이브로 되살린 후 함께 마계로 보내 버렸다.

[소환수가 경험치를 획득합니다.]

덕분에 10만의 경험치를 얻을 수 있었다. 숨겨진 장소를 벗어나자마자 다시금 시작된 늪과의 전쟁.

"이 정도야, 뭐."

대박 아이템을 건진 덕분일까. 이번에는 한 사람도 짜증을 내지 않았고, 성민우는 장난까지 쳤다.

"그래, 아이고. 진득하기도 해라. 더 진득해져 보렴. 어허, 더

욱더 날 끌어당겨 보라니까! 겨우 이 정도로 어떻게 내 길을
막으려고 그래!"

그의 모노드라마를 감상하며 지루함을 달랬다.

"진짜 못 말린다니까."

"원래 저래."

"근데 내 친구가 저런 성격 좋아해, 오빠."

"그래? 잘 어울리겠네."

"헤헤. 이번에 서울 가면 소개시켜 주려고."

그 말에 앞서가던 성민우가 고개를 돌렸다.

"예린아, 고맙다!"

"앞으로 우리 오빠한테 더 잘해!"

"물론이옵니다, 마님!"

"마님은 무슨……."

화기애애한 분위기 속. 도란이 갑자기 걸음을 멈췄다.

"주군."

"음? 왜 그래?"

"저쪽이 이상합니다."

"어? 설마……!"

그들은 기대하며 도란을 지켜봤다. 그리고 발견한 장소.

"대에에에박!"

또다시 숨겨진 공간을 찾아낸 것이다. 안으로 들어선 네 사
람. 홀에 도착하니 전처럼 메시지가 떠올랐다.

[직업을 파악합니다.]

이후 솟구치는 기둥 하나. 그 주변으로 2층의 중간 보스 몬스터, 설인 다섯 마리가 등장했다.

"똑같은 방법으로!"

"오케이!"

붉은 오크 대전사 5마리를 상대했던 것과 동일하게 놈을 상대했는데 안타깝게도 이번에는 성민우가 버텨주질 못했다.

"으아아아, 나 죽는다!"

결국 그가 도망치면서 무혁과 예린, 도란도 뒤로 물러서야만 했다. 거짓말처럼 후우웅- 하고 설인과 기둥이 사라졌다.

"뭐야? 안 쫓아오잖아?"

"이거 반복하면 쉽게 잡지 않을까?"

그에 곧바로 안으로 들어갔다.

크워어어억!

나타난 설인은 무혁의 디버프가 적용되지 않은 새로운 놈들이었다. 혹시 몰라서 한 마리에게 큰 상처를 입힌 후 뒤로 물러섰다. 다시 앞으로 나서 확인해 봤지만. 상처 입은 놈은 보이지 않았다.

"안 될 거 같은데?"

뒤로 물러난 무혁은 잠깐의 고민 끝에 성민우에게 손을 뻗었다.

"방어구 줘봐."

"왜?"

"강화 좀 하게."

아무래도 여기선 성민우가 키포인트였다.

"네가 버텨야 돼."

"음?"

"그래야 설인을 잡을 거 아냐."

"아아……!"

성민우만 버틸 수 있다면 다섯 마리 설인을 모두 잡는 게 가능해진다. 그 말인즉, 놈들의 기운이 모두 흡수된 상자를 보상으로 얻을 수 있다는 소리였다.

"한 마리도 놓치기 싫다, 이거지?"

"당연하지."

기왕이면 최고의 보상을 얻는 게 좋았으니까. 자리를 잡고 앉은 무혁이 성민우의 갑옷을 망치로 두드렸다.

캉, 카아앙!

5강 갑옷이었기에 6강까진 어렵지 않았다.

"어?"

그렇게 생각했는데 실패를 해버렸다.

"미안. 4강이다."

"괜찮아, 괜찮아. 어차피 뭐 알아서 해줄 거면서."

"그건 그렇지."

무혁은 다시금 강화를 시작했다.

5강 성공. 6강도 연속으로 성공했다.

"일단 6강은 됐고."

"오우, 예!"

문제는 7강이었다.

집중하자, 집중.

강화 스킬을 사용하자 붉은 점이 보였다.

여전히 작단 말이지.

강화 스킬이 높은 덕분에 처음보다는 조금 더 커졌지만 그럼에도 불구하고 맞히는 게 쉽지가 않았다. 그렇기에 높은 수준의 집중력이 필요했다.

"후읍……!"

숨을 들이마신 후 참은 상태에서 망치를 내려쳤다.

카앙!

붉은 점을 정확하게 맞혔다.

[강화도가 상승합니다.]
[강화도 : 2%]

다시 한번.

[강화도가 상승합니다.]
[강화도 : 5%]

연속으로 다섯 번까지 성공했다. 시작이 좋아.

아쉽게도 여섯 번째 망치질은 옆으로 빗나갔다.

[강화도가 떨어집니다.]
[강화도 : 11%]

잠시 동작을 멈추고 숨을 골랐다.

"후우."

캉, 카아앙! 망치질 소리와 함께 다시 시작된 작업. 오랜 시간 강화도를 높였고 덕분에 98퍼센트에 도달했다.

제발⋯⋯!

지금까지 실패한 횟수가 5번. 아슬아슬한 상황. 한 번만 더 실패하면 미끄러질 확률이 지극히 높았다. 그러니 맞혀야지. 카앙! 하고 망치를 힘껏 내리찍었다.

좋아!

다행스럽게도 붉은 점에 맞았다.

[강화에 성공합니다.]

순간 무혁이 자리에서 벌떡 일어났다.

"됐어!"

"오, 서, 설마⋯⋯?"

"7강이다. 받아라."

"크, 대박!"

"나머지 장갑이랑 투구, 신발도 줘봐."

"오케이, 오케이!"

갑옷을 제외한 나머지는 6강까지만 올렸다.

이 정도면 충분할 거야.

성민우에게 아이템을 넘겼고.

"이번엔 좀 버텨라."

"당연하지! 이거 입고 도망치면 내가 개다, 개!"

"지금 그 말 까먹지 마라."

실없는 농담을 하며 다시 홀로 들어설 준비를 했다.

"간다."

이윽고 넓은 홀로 들어섰다.

[직업을 파악합니다.]

솟구치는 기둥과 설인 다섯 마리. 근접형 스켈레톤이 세 마리를 전담하고 무혁과 예린이 한 마리를, 성민우와 도란이 남은 한 마리를 상대했다. 원거리형 스켈레톤은 무혁이 상대하는 설인에게 공격을 집중했다.

콰과과광!

무혁은 한 마리를 상대하면서도 성민우를 살폈다.

괜찮으려나.

마침 성민우가 크게 외쳤다.

"된다, 돼!"

"뭐가!"

"이제 이 설인 새끼 공격 정도는 버틸 수 있다고!"

"멍멍, 개는 안 되겠네!"

"그래, 그러니까 빨리 처리하고 도와줘!"

저 정도면 분명 버틸 것이다. 집중하자.

대화를 멈추고 눈앞에 있는 설인을 상대했다.

콰과과광!

각종 기술이 펼쳐지고, 빠르게 설인 한 마리를 처리한 무혁이 성민우를 도왔다.

"크, 왔냐!"

"왔다."

"봤지? 나 버텼다!"

자랑스레 외치는 그를 지나치며 검을 뻗었다.

푸욱. 무혁의 검이 설인의 옆구리에 박혔다.

풍폭.

검을 비틀자 폭발이 일어나며 설인의 내부를 흔들었다.

[크리티컬이 터집니다.]

한 마리를 더 처리하고 뒤로 물러났다.

"후아."

세 마리의 설인을 상대하고 있던 스켈레톤이 상당수 줄어든 상태였기에 쉴 시간은 없었다. 곧바로 합류해서 놈들을 밀어

붙였다. 잠시 후. 드디어 마지막 남은 설인을 처리하자, 화아악 하고 푸른 기운이 상자에 흡수되었다.

"후아, 대전사보다 확실히 빡세네."

"아무래도 스킬이 까다로우니까."

좁은 범위를 얼려 버려 짧은 시간 움직임을 제한하는 아이스 홀드, 넓은 범위에 영향을 주어 움직임을 느리게 만드는 아이스 스페이스. 두 가지 기술을 사용했는데 상대할 때 정말 스트레스를 많이 받았다.

하지만 이렇게 모두 처리하고 나니 자연스럽게 기대가 되었다. 상자에서 부디 설인의 신체 부위가 나오길 바랄 정도였다. 마정석이야 쉽게 구할 수 있으니 용심만 구비하면 설인을 끌고 다닐 수 있게 된다. 그럼 아주 효율적인 스킬 2개를 얻게 되는 것이었다.

"상자 하나씩 까자고."

"좋지!"

"알겠습니다, 주군."

차례대로 상자 앞에 위치했다.

"열자고."

상자를 열자 아이템이 곧바로 인벤토리에 들어왔다.

[설인의 상체를 획득합니다.]

[설인의 하체를…….]

좋았어!

기대가 엇나가지 않았다. 설인의 신체 부위 모두를 얻은 것이다. 환호를 해도 부족하지 않았지만 애써 참고 있는데 옆에 있던 성민우가 갑자기 기합성을 터뜨렸다.

"오우, 예!"

"뭐야?"

"이번에도 대박이어서. 정령 강화 아이템 나왔거든."

"오호."

"너는?"

"난 신체 부위."

"신체 부위? 어, 그러면 자이언트 외눈박이 같은?"

"맞아."

"대에에에박. 잠깐. 그러고 보니까 아까 그 오크 대전사도 신체 부위 아니었냐? 미친. 그럼 두 마리야? 그놈들 두 마리 전부 끌고 다닌다고?"

"두 마리긴 한데. 용심이라는 아이템을 구하기 어려워서."

"용심?"

"어."

"으음? 그거 비공개 경매장에서 본 거 같은데……."

무혁의 표정이 변했다.

"비공개 경매장?"

"어. 심심해서 구경하러 갔었거든, 몇 번."

"거기서 봤다고?"

성민우가 고개를 끄덕였다.

"좋은 정보 고맙다."

"고맙긴."

던전을 클리어하고 비공개 경매장에 참여해야겠다고 마음을 먹은 후 예린을 쳐다봤다.

"뭐 나왔어?"

"나도 비슷한 거야. 소환수 강화 아이템."

"다람쥐?"

"응, 엄청 좋아!"

"다행이네. 도란, 너는?"

"저는 장갑이 나왔습니다."

"봐도 될까?"

"물론입니다."

장갑의 옵션을 확인해 봤다.

호오.

추가 대미지 30에 명중률 보정. 관통력까지 붙어 있었다.

"좋네."

"감사합니다!"

모두들 만족스러운 보상을 획득했다. 그 탓일까. 이 기분을 만끽하고 싶었다.

"벌써 11시인데 그만 쉴까?"

"음, 그럴까."

오늘은 여기까지만 하기로 결정을 내렸다. 이곳 숨겨진 장소에서는 몬스터가 나타나지 않았기에 도란의 안전 역시 확실하게 보장할 수 있었기 때문이다.

"그럼 내일 보자."

"오케이!"

"내일 봐, 오빠!"

성민우와 예린이 나갔으나 무혁은 아직 남았다.

"나 신경 쓰지 말고 쉬어."

"예, 주군."

시간이 조금 더 흘렀을 때.

"소환. 리바이브."

스켈레톤을 소환하고 설인 다섯 마리를 리바이브로 되살린 후 마계로 보냈다. 설인 다섯 마리의 힘이 생각보다 더 컸음일까. 붉은 오크 대전사에 이어 다시 한번 10만의 경험치를 얻을 수 있었다.

[소환수가 경험치를 획득합니다.]

그게 끝이 아니었다.

[소환수가 경험치를 획득합니다.]

한 번 더 10만의 경험치를 얻은 것이다.

오호, 두 번이나?

어떤 상황이 마계에서 벌어지고 있는지는 알 수 없었지만 나름대로 상상력을 발휘할 수는 있었다. 하지만 그것만으로도 호기심을 충족시킬 수 없었다.

더럽게 궁금하네.

하지만 아직은 알아낼 방법이 없었다. 아직은, 말이다.

마계 F11 구역. 최하급 마족 칼란서버와 에스칼론이 죽은 이후 짜증이 솟구친 북쪽 마왕의 보좌관, 서큐버스가 이번에는 최하급 마족 3명을 동시에 보내 버렸다. 3명이나 되는 덕분에 더 이상의 위험 없이 스켈레톤을 학살하던 그들이었으나 오늘은 뭔가가 달랐다.

"이상한 녀석들이 자꾸 보이는데?"

"저건 오크라는 하급 종족인 것 같군."

"오크? 인간계에 있는?"

"맞아."

"그 녀석들이 왜 마계에 있는 거지?"

"그거야 나도 모르지."

이해할 수 없는 일이었지만 크게 개의치는 않았다. 어차피 손쉬운 녀석들이었으니까. 생각대로 오크는 강하지 않았다. 물론 예상보다는 강했지만, 상정했던 범위 내였다. 그런데 이번에 소환된 오크 다섯 마리는 덩치부터가 달랐다.

그럼에도 불구하고 마족 세 명은 그래 봤자 오크라는 이유로 방심을 했다. 그리고…….

"으, 으아아악!"

최하급 마족 한 명의 생명을 앗아간 것이다.

"이런 미친!"

"한심한 녀석, 겨우 저따위 녀석들에게 죽다니."

"너도 방심 그만하고, 처리하자."

"저 정도야, 뭐."

콰과광!

한 명이 죽은 후 방심을 지웠다. 제대로 실력을 선보였고, 어렵지 않게 전부 처리할 수 있었다.

"흐음, 이거 상황이 묘하군."

"뭐가 말이지?"

두 명의 최하급 마족이 서로를 쳐다봤다.

"한 명이 죽었어. 다음에 더 강한 놈들이 나타난다면?"

"그럴 리가."

"확신할 순 없는 일이지. 지원을 요청해야 할 것 같은데."

"겨우 이따위 일에 지원을?"

"목숨보다 중요한 건 없다고 본다."

"흥, 난 자존심이 더 중요하다."

둘은 생각보다 오랫동안 다퉜다. 의견이 좀처럼 좁혀지지 않은 탓이었다.

"시간이 꽤 흘렀어. 나 혼자라도 지원을 가겠다."

"그건 내가 용납하지 못해."

둘의 기세가 사나워졌다.

"후, 됐다. 이번엔 그냥 넘어가지. 단, 다음에 나타난 녀석들이 생각보다 강할 경우에는 반드시 지원을 요청하겠다."

"그땐 생각해 보지."

대화를 마치고 휴식을 취하려는 순간. 후우웅 하고 스켈레톤이 나타났다. 다섯 마리의 설인과 함께.

결과는 최하급 마족, 둘의 죽음이었다.

다음 날. 아침에 접속한 무혁은 도란부터 살폈다.

"괜찮아?"

"예, 숨겨진 공간에는 몬스터가 나타나지 않으니까요."

"다행이네. 배고프지?"

"조금 고픕니다."

"뭐라도 먹자고."

무혁은 간단하게 요리를 해서 도란과 함께 먹었다.

"잘 먹었습니다, 주군."

"나도."

이후 긴장되는 마음으로 아이템을 하나씩 확인했다.

괜찮고, 이것도 괜찮고.

역시 다른 아이템은 전부 그대로였다. 다만 아직 아이템 하나가 남아 있었다. 백마군의 붉은 단검. 걱정과 기대가 뒤섞인 감정으로 허리춤에 꽂힌 단검을 뽑아 옵션을 확인했다.

[백마군의 붉은 단검+6]

물리 공격력 155 + 140

모든 스탯 +5

반응속도 +2%

특수 옵션 : 갈취하는 손

내구도 330/330

사용 제한 : 힘 65, 민첩 70.

[갈취하는 손]

마지막 일격을 가할 경우, 상대방의 레벨에 따라 스탯을 랜덤으로 뺏어온다. 상대방의 레벨이 더 낮을 경우 0.01을, 상대방과 레벨이 동일할 경우 0.05를, 상대방의 레벨이 더 높을 경우 0.1의 스탯을 획득한다.

(항시 적용. 단, 몬스터에게는 적용되지 않는다.)

무혁의 표정에 안도감이 서렸다.

"후아, 그나마 다행인가."

레벨 낮은 상대는 100명을 죽여야 1개, 동일한 상대라면 20명에 1개, 높은 상대라면 10명을 죽이면 스탯 1개를 얻을 수 있다. 상당 부분 너프가 되긴 했지만, 아직도 충분히 가치가 있었다.

뭐, 이 정도면 괜찮지.

단검을 인벤토리에 넣고 친구창을 열었다. 편의성을 위해 개편된 시스템을 확인하기 위함이었다.

채팅 기능이라.

[무혁 : 계신가요? 탑에서 나가면 바로 무구 판매할 생각인데요.]

블랙 길드장 혁수에게 메시지를 보내고 친구창을 껐다. 얼마 지나지 않아 띠링 하는 알람 소리가 들려 확인해 보니 혁수에게서 답장이 온 상태였다.

[혁수 : 아, 네. 저야 환영이죠. 그럼 탑에서 나오게 되면 꼭 연락 주십시오. 클리어가 되지 않더라도요.]

[무혁 : 알겠습니다.]

채팅 기능이 생기니 확실히 편리했다. 그때 옆에서 바람이 불어왔다. 성민우였다.

"벌써 접속했네?"

"어, 아무래도 걱정이 돼서."

"맞다. 업데이트됐지? 어때, 단검은?"

"예상대로."

"하향? 봐도 되냐?"

무혁이 단검을 꺼내어 건넸다. 옵션을 확인한 성민우가 미약한 신음을 흘렸다.

"하향이긴 한데……."

"아직 쓸 만하지?"

"그러네. 생각보단 괜찮은데?"

유저를 상대할 때마다 단검을 사용하다 보면 어느새 1개, 10개, 또 그 이상의 스탯을 올리게 되리라.

"참 다른 업데이트는 어때?"

"괜찮더라."

단검에 대한 주제는 넘기고 나머지 업데이트에 대한 이야기를 나눴다. 약 10분 후 예린이 접속했고 네 사람은 탑을 클리어하기 위해 다시 강행군을 이어갔다.

진득한 응고제로 늪을 굳히고 해독제로 독을 억눌렀으며 힘으로 몬스터를 짓이겼다. 쉴 새 없이 나아간 덕분에 몇 개의 홀을 지나쳤고 드디어 3층의 마지막 공간에 들어섰다.

키아아아아아악!

그곳을 지키는 170레벨의 포이즌 오우거.

[포이즌 피어에 직격당합니다.]

[3초간 혼란에 빠집니다.]

[모든 능력치가 5분간 5퍼센트 하락합니다.]

시작부터 놈의 피어에 당해 버렸다.

"흐읍……!"

"뭐, 뭐야?"

크워어어어!

몸이 굳어버린 짧은 순간. 포이즌 오우거가 뭉쳐 있는 스켈레톤에게 달려들더니 주먹을 휘둘렀다.

콰앙!

방패로 막아내지 못한 탓에 검뼈 몇 마리가 한 방에 역소환을 당했다. 그나마 아머나이트가 버텨냈지만 HP의 상당 부분을 잃어버렸다.

"움직인다!"

그제야 신체가 피어의 영향에서 풀렸다.

"다들 점프해!"

"오케이!"

먼저 응고제부터 뿌렸다. 순식간에 굳어버리는 늪. 포이즌 오우거는 그 늪에서 빠져나오지 못한 상태였다.

기회……!

쉽게 처리할 수도 있겠다는 희망과 함께 총공격을 명령하려는 순간, 포이즌 오우거가 양팔을 내리찍었다. 콰드득. 지면이 부서지며 튀어 오르더니 사방으로 뻗어나갔다.

퍽, 퍼버버벅.

깨어진 지면을 밟고 일어선 포이즌 오우거가 날뛰기 시작했고. 무혁은 미간을 찌푸리며 화살에 둔화의 독을 묻혀서 날렸다.

풍폭, 강력한 활쏘기.

화살은 포이즌 오우거의 등에 꽂혔으나.

[둔화의 독에 저항합니다.]
[둔화의 독이 적용되지 않았습니다.]

황당한 메시지만 떠오를 뿐이었다.

"약화!"

다행스럽게도 약화는 통했다.

다른 건?

서둘러 아군에게 근력, 체력 증가 스킬을 사용하고 상황을 주시하다가 다른 물약을 사용해 봤지만 하나도 통하지 않았다.

미치겠군.

그렇다고 언제까지 멍하니 있을 순 없었다.

"이제 정신 차리자고!"

"어, 어어!"

"알겠습니다, 주군!"

무혁은 스켈레톤을 지휘하여 포이즌 오우거를 밀어붙였다.

처음이야 피어의 영향으로 인해 아무것도 못 했다지만, 지금은 방패로 놈의 공격을 충분히 막아낼 수 있었다. 교대하면서 압박을 가하자 자연스럽게 포이즌 오우거의 활동 반경이 줄어들었다.

그래, 이거면 돼.

무혁에게는 필살의 한 방이 있었으니까.

부르탄의 기파, 아머메이지의 마법 공격, 아머아처의 파워 샷……. 바로 소환수들의 스킬 난사였다.

후우웅.

각종 마법과 뼈 화살이 무수하게 놈을 가격하려는 순간.

크워어어어!

포이즌 오우거가 기파의 영향에서 벗어나 발을 굴렀다.

콰지직.

지면이 깨어지며 하늘로 솟구쳤고 그것이 날아오는 뼈 화살과 마법을 막아버렸다.

"하, 저거 은근히 짜증 나겠는데?"

앞으로도 몇 번이고 반복될 듯한, 불길한 예감이 들었다.

전투는 치열하게 진행되었다.

쾅, 콰과과광!

다만 시간이 흐를수록 답답해지는 건 무혁이었다. 응고제가 부족하고, 해독제 역시 여유롭지 않았다.

크워어어어!

물론 포이즌 오우거 역시 쌩쌩한 건 아니었지만, 공격한 시간에 비한다면 크게 다치지 않은 것도 사실이었다.

메이지의 마법이 한 번에 폭발적인 대미지를 입힐 수 있는 주력 공격인데, 그걸 제대로 성공시키지 못하게 되면서 HP를 깎는 속도가 현저하게 느려진 탓이었다. 혼란의 물약, 장막의 물약은 아예 듣지를 않고 기파와 공포 자극은 순식간에 풀려 버리니 별수 없었다.

"진짜 무슨 저딴 새끼가 다 있어!"

"후우……."

이대로는 한계가 있어.

무혁을 포함한 동료 전부가 지쳤다. 기파의 유지 시간이 극도로 짧아서 틈을 노릴 수가 없었다.

그사이 쏟아진 피어.

[포이즌 피어에 직격당합니다.]

[3초간 혼란에 빠집니다.]

[모든 능력치가 5분간 5퍼센트 하락합니다.]

움직이지 않는 몸을 가만히 둔 채 놈을 쳐다봤다. 이번 피어로 인해 스켈레톤 다수가 다시금 역소환을 당했다.

결국 내가 직접 놈을 흔들어야겠어.

움직일 수 있게 되었을 때 무혁은 윈드 스텝을 사용해 포이즌 오우거와 거리를 좁혔다. 부르탄과 자이언트 외눈박이가 차례대로 기파를 사용했다.

---------!

하지만 기껏해야 0.5초 수준이었다.

쿠우웅!

아무래도 이런 종류의 기술에 상당히 면역이 높은 모양이었다. 포이즌 오우거가 발을 구르자, 솟아오른 지면이 아머메이지가 날린 마법 공격을 전부 막아버렸다.

상관없어.

애초에 공격이 먹힐 거라고 여기지도 않았다. 이미 몇 번이나 당한 패턴이니까. 다만 그 틈을 이용해 놈의 뒤로 이동하기 위한 계책이었을 뿐이었다.

어둠의 힘.

레벨이 올라가면서 반경이 넓어지고 고정 대미지의 수치가 높아졌다.

[반경 20미터 내에 존재하는 적대 관계 생명체에게 고정 대미지(초당 80)를 입힙니다.]
[대미지의 일부(10퍼센트)를 HP와 MP로 흡수합니다.]

덕분에 HP와 MP가 차오르는 속도 역시 빨라졌다. 여기에 추가로 어둠의 정령이 처음부터 지금까지, 쉴 새 없이 놈을 공격하는 중이었다. 아마도 포이즌 오우거 역시 상당히 짜증이 나리라. 그 때문에 분노하며 저렇게 주먹을 휘두르고 있는 것일 테고.

최대한 주먹의 궤도를 피해 놈의 뒤로 이동한 무혁이 타이밍을 기다렸다.

지금!

놈이 스켈레톤에게 주먹을 뻗는 한 순간을 노리며 검을 강하게 뻗었다.

푸욱. 놈의 살점을 살짝 파고든 상황.

풍폭, 십자베기.

그 상태에서 스킬을 사용하자 손이 절로 움직였다.

덕분에 제대로 대미지가 터졌다.

[크리티컬이 터집니다.]

[4,417의 대미지를 입힙니다.]

[7,944의 추가 대미지를 입힙니다.]

검을 뽑아내면서도 풍폭을 연이어 사용했다.

펑, 퍼버버벙!

포이즌 오우거도 놀랐는지 고개를 틀며 무혁을 쳐다봤다. 어그로가 무혁에게 끌렸는지 눈을 시뻘겋게 뜨더니 흉포한 기세를 담아 공격을 퍼붓기 시작했다.

다급히 방패를 꺼내어 위로 들어올린 무혁. 내리꽂히는 놈의 주먹을 막아내기 위함이었다.

콰아아앙!

한 번의 주먹질에 하체가 지면에 깊숙하게 박혔다.

[650의 대미지를 입습니다.]

말도 안 되는 파괴력이었다.

미친……!

스킬도 아니고 그냥 주먹질이었다. 게다가 방패로 막았고.

그런데 650이라고?

생각을 더 이어 나갈 수 없었다.

쾅, 콰아아앙!

포이즌 오우거의 주먹이 계속해서 방패 위로 떨어지고 있었으니까.

[660의 대미지를 입습니다.]

[670의 대미지를 …….]

대미지를 계속 입고 있었지만 아직 죽을 정도는 아니었다.

내가 버티는 동안……!

성민우와 예린, 그리고 스켈레톤들이 위치를 다시 잡았다.

"간다!"

그리고 시작된 폭격.

콰과과광!

그러나 어그로를 끌 정도는 아니었다.

공포 자극!

무혁이 눈을 빛내며 어둠의 정령에게 명령을 내렸다. 순간 어둠의 정령이 빛을 뿜으며 포이즌 오우거에게 흡수되었고.

크, 크르?

균형을 잃더니 잠시 비틀거린다.

"후읍!"

그 틈을 타서 놈과 거리를 벌렸다.

무혁은 안도의 한숨을.

크워어어어!

포이즌 오우거는 분노를 발산하며 발광했다.

['아머나이트12'가 역소환됩니다.]

['아머기마병4'가 역소환…….]

그 발광을 스켈레톤은 오래 버티지 못했다.

"혁아!"

"어?"

"기파랑 어둠의 정령이랑 잘 사용해서 타이밍만 흔들어! 그 사이 마법 한 번만 제대로 꽂히면 무조건 이긴다고!"

"그건 알지만……."

그게 말처럼 쉬운 게 아니었다. 포이즌 오우거가 생각보다 더 똑똑했기 때문이다. 한 박자를 앞선다고나 할까.

"어려운 거 알아! 우리가 잠깐 맡을 테니까 생각해 봐!"

"알았어."

"오케이!"

무혁은 스킬 쿨타임을 먼저 확인했다. 쿨타임은 돌아오고 있고, 문제는 놈에게 공격을 제대로 쏟아부을 그 잠깐의 시간을 어떻게 버느냐다.

내가 직접 나서서 시선을 끌면?

그건 죽음을 담보로 해야 하는 일이라 썩 내키지 않았다. 포이즌 오우거의 근처에 있게 되면 메이지의 마법과 뼈 화살 공격에 대미지를 입을 수밖에 없을 터.

그런 상황에서 포이즌 오우거의 공격에 당한다면?

너무 위험해.

고민을 지워 버리고 다시 놈의 움직임에 집중했다. 어떻게 해야 좋을까. 지금까지처럼 단순히 기파와 공포 자극만을 사용한다면 결국 또 실패하고 말 것이다.

"으아아아, 이 새끼야. 좀 쓰러지라고!"

그때 성민우와 정령들의 연계 공격이 눈에 들어왔다.

어……?

그들의 모습에서 한 가지 그림이 떠올랐다.

그래, 어쩌면.

한 자락 기대를 걸고 소환수를 지휘하기 시작했다. 일단 놈의 피어부터 뺀다. 최대한 시선을 잡으면서 놈을 괴롭혔다.

키아아아아아악!

피어를 뺀 후 아머나이트의 배치를 바꿨다.

좋아.

아머메이지, 전원 마법 공격. 아머아처, 전원 파워샷.

꾸준한 공격으로 시선을 끌고, 그 틈을 타서 메이지와 아처의 공격으로 하늘을 가득 채웠다.

크르?

포이즌 오우거의 시선이 그곳으로 향하려는 순간.

부르탄, 기파.

쏘아진 기파가 놈을 짧은 시간 동안 막아냈다. 순식간에 영향에서 벗어난 녀석은 결국 고개를 돌려 날아오는 공격을 확인했고 그에 괴성과 함께 발을 들어 올렸다.

아머기마병의 돌진, 자이언트 외눈박이의 기파. 다시 한번 쏘아진 기파에 동작이 굳어버린 포이즌 오우거.

찰나지만, 이미 지척에 있던 아머기마병 다수가 포이즌 오우거의 남은 한쪽 다리를 들이받기엔 충분한 시간이었다.

쿠우웅!

그에 포이즌 오우거가 균형을 잃고 쓰러졌다.

"좋았어!"

"오오!"

그러나 아직 방심할 순 없었다.

미친 몬스터 새끼. 다리로 안 되니, 주먹으로 지면을 내리찍으려 하는 것이 보였다.

공포 자극!

어둠의 정령이 순간 파고들어 놈의 동작을 제어했다.

아머나이트 왼쪽으로.

근처에 있던 아머나이트 다섯 마리가 포이즌 오우거의 주먹 아래로 이동해서 방패를 들어 올렸다. 공포 자극이 풀리는 순간 내리꽂히는 주먹에 아머나이트 네 마리가 부서졌지만 한 마리는 버텨냈다.

됐다……!

덕분에 지면이 솟구치지 않았고.

쾅, 콰과과과광!

처음으로 놈의 전신에 마법을 꽂아 넣을 수 있었다.

쿠우웅.

같은 방법으로 세 번의 마법 공격을 더 퍼붓고 나서야, 포이즌 오우거, 놈을 처리할 수 있었다.

오우거에게서 뿜어지는 찬란한 빛이 홀을 가득 채웠고.

[‘시련의 탑’을 클리어했습니다.]

[달성도 : 100%]

[극대량의 경험치를 획득합니다.]

[레벨이 상승합니다.]

[특별한 보상 상자(2개)가 지급됩니다.]

메시지와 함께 탑의 입구였던 곳으로 강제 소환되었다.

“후아.”

무혁과 성민우, 예린, 도란까지.

"끄, 끝났다."

"드디어……."

다들 지친 기색을 숨기지 못한 채 자리에 주저앉고 말았다. 거의 동시에 나타난 유저들이 사방에서 웅성거렸다.

"뭐야, 갑자기?"

"탑이 클리어되었다고 하던데?"

"아, 짜증 나게."

"이틀밖에 안 지났는데 벌써 클리어라고? 하, 진짜."

"누구야, 도대체?"

"이게 말이 되냐고오오!"

물론 모두가 아쉬워한 건 아니었다.

"후, 더위 죽을 뻔했네."

"차라리 잘됐어."

"그러게. 환경이 너무 지독하다, 진짜."

모두들 각자의 이야기를 할 때 한 사람은 무혁을 주시했다. 블랙 길드장, 혁수였다.

"후, 정말……."

알 수 없는 미소와 함께 고개를 흔드는 그였다.

옆에 있던 길드원이 혁수를 보며 실망한 표정을 드러냈다.

"이제 막 3층에 올라섰는데……."

"그러게요. 아쉽네요."

그렇다고 이미 클리어된 탑을 되돌릴 순 없었다.

"돌아가죠."

쓸쓸하게 웃으며 길드원과 함께 탑에서 멀어져 갔다.

꽤 많은 유저가 탑에서 멀어졌을 때.

"후, 이제 다 쉬었지?"

"예, 주군."

"어, 좀 살겠다."

"나두, 오빠."

"그럼 일단 사람들 없는 곳으로 가자."

"오케이."

"군마 소환."

당장 보상을 확인하고 싶었지만 유저가 너무 많았다. 그렇기에 호기심을 누르고 칼럼 마을로 돌아갔다. 도착하자마자 인적이 드문 장소로 향했고 그곳에서 상자를 꺼냈다.

[특별한 보상 상자(도란)]

특별한 보상이 들어 있는 상자다.

[특별한 보상 상자(무혁)]

특별한 보상이 들어 있는 상자다.

무혁은 상자가 2개였는데 1개는 도란의 것이었다.

"도란."

"예, 주군."

"받아."

"이건⋯⋯?"

"마지막 오우거 처리하고 얻은 보상이야. 이방인이라 얻는 방식이 특이하거든."

"전 괜찮습니다."

"아니, 어차피 내가 못 열어."

"아⋯⋯!"

그에 도란이 고개를 숙였다.

"감사합니다."

"감사는, 무슨."

성민우와 예린은 본인의 것을 지니고 있었다.

"그럼 열어볼까?"

"크, 좋지."

기대하며 상자를 여는 무혁.

[포이즌 오우거의 상체를 획득합니다.]

[포이즌 오우거의 하체를⋯⋯.]

어느 정도 예상하기는 했는데 정말로 포이즌 오우거의 신체 부위가 나와 버렸다. 그런데 여기서 끝이 아니라는 사실이 중요했다.

[용심을 획득합니다.]

가장 필요했던 용심까지 들어 있었던 것이다. 1개뿐이지만, 구하기 어려운 것이라 만족스러웠다.

"다들 좋은 거 나왔지?"

"웅, 오빠!"

"크, 겁나게 만족스러운데?"

"그럼 좀 쉬자."

"오케이. 근데 뭐 하게?"

"난 몬스터 제작 좀 하려고. 용심도 구하고."

"제작? 지금?"

"어, 용심 한 개가 상자에서 나왔거든."

"오오, 구경이나 해야겠네."

성민우, 예린, 도란. 세 사람이 눈을 빛내며 무혁이 하는 양을 지켜봤다. 무혁은 웃으며 스킬을 먼저 확인했다.

[조립 마스터]

1. 스켈레톤의 뼈를 갈아치우는 것뿐만이 아니라 새로운 형태로의 변화가 가능하다. 단, 새로운 형태의 크기가 너무 클 경우 제약이 있을 수 있다.

2. 일정한 조건을 달성할 경우 뼈로 이루어진 소환수를 제작하여 조종할 수 있다. 단, 초당 10의 MP가 소모되며 몬스터의 레벨이 캐릭터의 레벨보다 높을 수 없다.

2번의 조건. 몬스터의 레벨이 캐릭터의 레벨보다 높을 수 없다. 다행이라면 탑에서 구한 몬스터 전부 무혁의 레벨보다는 낮다는 사실이었다.

뭐가 좋을까. 당장은 설인이나 포이즌 오우거가 끌렸다.

설인은 좁은 범위에 한해서는 상대방을 얼릴 수 있고 넓은 범위에 한해서는 움직임을 느리게 만들 수도 있었다.

상당히 좋단 말이지.

포이즌 오우거는 체력과 파괴력이 압도적으로 높은 수준이었고 피어를 통해서 절대다수의 능력치를 하락시킴은 물론 혼란까지 선사할 수 있었다. 게다가 마법이나 원거리 공격은 지면을 부서뜨리는 스킬로 막아낼 수도 있었고.

둘 다 좋은데…….

잠깐 고민하던 무혁이 고개를 끄덕였다.

그래, 지금은 이 녀석으로.

설인보다는 포이즌 오우거가 뇌리에 더욱 강하게 박힌 상태였다. 놈의 신체 부위를 하나씩 꺼내어 바닥에 늘어놓았다. 상, 하체와 얼굴. 그리고 눈알, 마지막으로 심장까지.

"이거 뭐야? 설인?"

"아니, 포이즌 오우거."

"허얼, 생각보다 작은데?"

"뼈만 있으니까."

"오빠, 작기는 뭐가 작아. 키만 5미터는 되겠는데."

"근데 왜소하잖아."

"그, 그런가?"

무혁이 용심을 성민우에게 건넸다.

"시끄럽고, 이거 저기 심장 보이지?"

"어."

"저기에 대고 좀 눌러줘."

성민우가 포이즌 오우거의 심장에 용심을 대었다.

"지금 눌러?"

"잠시만."

무혁은 지니고 있던 마정석을 꺼내 놈의 상, 하체와 얼굴, 그리고 눈알에 올렸다.

"지금."

"오케이!"

용심에서 빛이 터지더니 심장으로 흡수되기 시작했다.

"계속 눌러야 되나?"

"나도 모르겠는데?"

"미친! 눌러, 말어?"

"눌러."

성민우가 악을 쓰며 팔에 힘을 줬다.

[스킬 '조립 마스터'를 시전했습니다.]
[흡수율 3%를 달성합니다.]

9%, 11%……. 흡수율이 천천히 올랐다. 생각보다 더딘 속도에 성민우가 고함을 질렀다.

"야, 뭐 이래 오래 걸려!"

"힘드냐?"

"더럽게 힘들다."

"흡수율이 좀 느리게 오르긴 하는데……."

"몇 프론데?"

"15프로."

"미친, 힘들다고!"

"흐음, 그럼 내가 누를게."

성민우를 대신해서 무혁이 용심을 강하게 눌렀다. 그러자 흡수율이 빠르게 올랐다.

"뭐야, 내가 누르니까 흡수율 엄청 잘 오르는데?"

"잘 오르긴 무슨."

"벌써 35프로야."

"……."

"너 약하게 누른 거 아냐?"

"아니거든!"

소소하게 다투는 사이, 흡수율이 100퍼센트에 도달했다.

[몬스터 '포이즌 오우거(Lv.170)'가 귀속됩니다.]
[초당 10의 MP가 소모됩니다.]

귀속되었다는 메시지와 함께 포이즌 오우거가 움직였다.
덜그럭.

일어서니 확실히 키가 크기는 했다.

"으음."

뼈의 굵기가 조금 부실하긴 했지만.

"뭐, 나쁘진 않은데?"

"그런가?"

"근데 오빠."

"응?"

"궁금한 게 갑자기 생겼는데."

"뭔데?"

"몬스터 잡고 사체 분해였나? 그거 하잖아."

"그렇지."

"뼈도 많이 모인 걸로 알고."

"맞아, 지금도 꽤 있어."

"나도 가끔 교체하는 거 봤는데……."

"그런데?"

"오빠는 왜 자이언트 외눈박이 뼈는 안 바꾸는 거야?"

무혁이 웃으며 대답해 줬다.

"아, 그건 자이언트 외눈박이가 소환 스킬이 아니라 조립 스킬로 만들어진……."

말을 하던 그가 갑자기 끝을 흐렸다.

어……?

정확하게 따지자면 조립 마스터는 무혁도 처음으로 배운 스킬이었다. 그러니 200레벨이 되어 배우게 될 특수 소환수 제작과는 분명히 다른 것이었다. 본래 특수 소환수 제작으로 만들어진 소환수는 뼈를 교체하지 못한다. 하지만, 그것이 조립 마스터로 만들어진 소환수에도 같은 법칙이 통용된다고 장담할 수 있는 이유가 되지는 못했다.

그러니까⋯⋯! 확인이 필요했다.

저벅.

무혁은 무언가에 홀린 것처럼 포이즌 오우거에게 다가갔다. 가장 얇은 갈비뼈 한 대를 뽑아내자 메시지가 떠올랐다.

[포이즌 오우거의 체력이 줄어듭니다.]
[손재주의 영향을 받아 0.13의 하락이 이뤄집니다.]

순간 헛웃음이 터졌다.

"하⋯⋯."

설마 정말로 될 줄이야.

인벤토리에서 설인의 뼈를 꺼내 비어버린 곳에 꽂아 넣고.

[포이즌 오우거의 체력이 상승합니다.]
[손재주의 영향을 받아 0.27의 상승이 이뤄집니다.]

다시 한번 확인을 받았다.

아아, 젠장⋯⋯! 미리 알았더라면 진즉 자이언트 외눈박이를 조금 더 키웠을 텐데.

"후, 괜찮아."

아직도 늦지 않았다. 지금부터 키워도 되니까.

"뭐가 괜찮아?"

"아, 자이언트 외눈박이는 뼈 교체가 안 되는 줄 알았거든."

"아, 진짜?"

"응, 근데 해보니까 되네. 그래서 뭐……."

"그럼 나 때문에 알아낸 거네?"

"그렇지."

예린이 무혁에게 다가왔다.

"내가 엄청 착한 짓 한 거지?"

"맞아. 엄청 착해."

"칭찬."

무혁이 그녀의 머리를 쓰다듬어 줬다.

"잘했어."

성민우가 옆에서 고개를 저었고, 도란은 먼 곳을 봤다.

한참을 쓰다듬어주던 무혁도 손을 내리고 포이즌 오우거를 쳐다봤다.

"난 그럼 저 녀석, 손 좀 볼게."

"응!"

포이즌 오우거에게 다가간 무혁이 놈의 뼈를 뽑아냈다. 지닌 뼈 중에서 가장 두껍고 또 특성이 좋은 설인의 것으로 빈자리를 대체했다.

하나, 둘, 세 개. 설인의 것이 채워지면서 포이즌 오우거의 상체가 상당히 굵어졌다. 비록 일부였지만 그 부분만큼은 갑옷을 입은 것처럼 단단한 느낌이었다.

[포이즌 오우거의 힘이 상승합니다.]
[손재주의 영향을 받아 0.27의 상승이 이뤄집니다.]
[포이즌 오우거가 한계를 벗어납니다.]
[포이즌 오우거의 레벨이 1 증가합니다.]

그 순간 떠오른 메시지.
"허어."
오늘만 벌써 몇 번째 놀라는 중인지. 레벨 업까지?
설렘과 기대를 안고 상태를 확인했다.

이름 : 포이즌 오우거

레벨 : 171

HP : 36,410 / MP : 10,810

힘 : 261 / 민첩 : 194 / 체력 : 347

지식 : 89 / 지혜 : 91

그저 보기만 해도 미소가 지어지는 상태였다. 소환수가 되면서 HP가 상당 부분 줄어들었을 게 분명했음에도 불구하고 36,410이라는 수치를 지니고 있었다.

이런 놈을 키울 수 있다? 그것도 계속해서?

더불어 무혁 본인 스탯의 30퍼센트까지 영향을 주면서?

상상만으로도 미소가 그려졌다.

"크으."

감탄은 짧았고 행동은 빨랐다.

더, 더……!

계속해서 포이즌 오우거의 뼈를 교체했다.

[포이즌 오우거의 레벨이 1 증가합니다.]

[포이즌 오우거의 레벨이 1…….]

그리고 설인의 뼈를 대부분 사용했을 때 포이즌 오우거는 177레벨이 되었다. 한 마리가 끝나고, 자이언트 외눈박이를 키울 차례였다.

"스켈레톤 소환."

나타난 외눈박이에게 다가갔다. 뼈를 뽑고 모아두었던 쓸만한 뼈를 빈자리에 꽂았다.

몇 번이나 반복했을까.

[자이언트 외눈박이의 레벨이 1 증가합니다.]

[자이언트 외눈박이의 레벨이 1…….]

자이언트 외눈박이의 레벨을 161까지 올릴 수 있었다.

이름 : 자이언트 외눈박이

레벨 : 161

HP : 28,710 / MP : 9,510

힘 : 213 / 민첩 : 172 / 체력 : 271

지식 : 71 / 지혜 : 79

포이즌 오우거에 비하면 부족하지만. 자이언트 외눈박이 역시 HP를 비롯하여 나머지 스탯이 상당히 뛰어났다. 여기에 설인과 붉은 오크 대전사까지 더해진다면?

순간 소름이 돋는 무혁이었다.

"후아, 나 헤밀 제국에 좀 다녀와야겠다."

"거기는 왜, 오빠?"

"비공개 경매장 확인 좀 하려고."

"아아."

"갈래?"

"음, 난 쉬고 있을게. 좀 피곤해서."

"그래, 넌?"

시선을 받은 성민우가 잠시 고민했다.

"음, 나도 경매장에 좀 들러볼까."

"그러든가. 도란, 너는 있어."

"알겠습니다."

군마 두 마리를 제외한 나머지 소환수 모두를 역소환했다. 잠시 후, 헤밀 제국에 도착한 무혁과 성민우는 곧바로 경매장으로 이동했다.

"어서 오십시오."

무혁은 직원에게 명패를 보여줬다.

"이건……!"

아뮤르 공작의 패임을 알아본 직원이 무혁을 안내했다.

"접객실로 모시겠습니다."

"여기 제 친구인데, 같이 가도 되겠죠?"

"물론입니다."

성민우와 함께 접객실로 올라가자 아름다운 여성이 둘을 맞이했다.

"어서 오세요. 일단 앉으세요."

"그러죠."

자리에 앉자 그녀가 꽤나 도발적인 시선을 하며 다가왔다.

"명패를 보여주셨다고 하던데요."

"네."

"원하는 물품이라도 있으신가요?"

"비공개 경매장이 언제 열리는지 알고 싶은데요."

"필요하신 물건이라도?"

"용심."

"용심이라……."

여인이 잠시 생각에 잠겼다.

"마침 오늘 저녁에 열리는 비공개 경매에서 용심 2개가 나온다고 하더군요. 이제 2시간 정도 남았어요."

딱 필요한 수량이었다.

"참가하고 싶은데요."

"공작님의 명패를 지닌 분이라면 언제나 환영이죠."

지척에 도착한 그녀가 무혁의 의자 팔걸이에 앉았다.

"말씀만이라도 고맙네요."

"고마우시면……."

용건이 끝났으니 더 있을 필요는 없었다. 여인의 태도가 부담스럽기도 했고, 무슨 말을 할지는 모르겠지만 딱히 듣고 싶지는 않았다.

"같이……."

"2시간 후에 오겠습니다."

"네?"

"그럼 이만."

자리에서 일어난 무혁이 성민우와 함께 접객실을 나섰다.

"흐응."

홀로 남은 여인이 아쉬운 표정으로 입술을 핥았다.

정확히 2시간 후, 다시 경매장을 찾아가 접객실로 향했다.

"오셨네요."

"네."

"아직 시간이 조금 있기는 한데……."

"바로 가죠."

"그래요."

여인이 다시금 도발적으로 다가오더니 품에서 무언가를 꺼냈다.

"우선, 가면부터 착용하시고요."

"아아……."

무혁은 곧바로 가면을 착용했는데 옆에 있던 성민우가 입을 벌린 채 정신을 차리지 못하고 있었다. 그에 매혹적인 미소를 짓더니 여인이 등을 돌렸다.

"그럼 따라오세요."

멀어지는 모습에 걸음을 옮겼다. 무혁 홀로.

고개를 돌려 멍하니 있는 성민우를 불렀다.

"안 오고 뭐 해?"

"어, 어어? 아, 가야지. 그럼."

나란하게 선 두 사람.

"크, 죽인다. 그치?"

"죽이긴 무슨."

"라인이 아주 그냥……!"

그 순간 여인이 고개를 돌렸다.

"다 들려요."

"아, 죄, 죄송합니다!"

"흐응."

다시금 앞을 보며 이동하는 여인. 사과와 함께 그러지 않겠다고 다짐했건만. 실룩거리는 엉덩이를 보니 본능을 이겨내지 못하고 다시금 시선이 그곳으로 향했다.

"헤에……."

무혁은 그런 성민우를 무시한 채 걸음을 재촉했다. 미로처럼 난 길을 따라 한참을 이동한 끝에 경매가 진행될 비밀스러운 장소에 도착할 수 있었다.

"어때요? 경매장이 꽤 넓죠?"

"그렇군요."

"여기서 아주 많은 물건이 오간답니다. 누군가는 적은 금액으로 거대한 부를 얻기도 하고 누군가는 명예를. 또 누군가는 힘을 얻죠. 나오게 될 물건을 잘 살펴본다면 분명 도움이 되실 거예요."

"흐음."

"자, 의자에 번호가 적혀 있으니 맞는 자리에 앉으셔서 경매에 참여하세요. 두 분은 7번과 8번에 앉으시면 돼요."

"감사합니다."

무혁이 의자로 향할 때. 성민우는 여인을 보며 입을 열었다.

"다, 다음에 또……."

"네?"

"또 볼 수 있겠죠?"

"그럼요. 또 놀러 오세요."

"아, 네!"

성민우의 반응이 재밌는지 웃는 여인이었다.

"그럼 이만 가볼게요."

"네에……."

금세 시무룩해지는 성민우. 떠나는 여인의 뒷모습을 한참 동안 바라보고서야 뒤늦게 8번 자리에 앉았다.

"이제 좀 정신이 드냐?"

"어어."

"너도 참."

"크흠, 내가 좀 그랬나……?"

"침을 질질 흘리더만."

"무, 무슨 스킬이라도 쓰나 봐. 내가 아무리 그래도 이 정도는 아닌데……."

"나중에 예린이가 너한테 여자 소개시켜 주면 그분한테 얘기해 줘야겠다."

"뭘 얘기를 해?"

"오늘 있었던 일. NPC 보고 침을 질질 흘렸다고."

"뭐? 이 미친놈아!"

　그때 다른 자리에 앉아 있던 이들이 시선을 줬다.

"좀 조용히 합시다."

"아, 네. 죄송합니다."

　그제야 수다를 멈추는 두 사람이었다.

"크흠."

　마침 경매사가 나왔고.

"자, 오래들 기다리셨습니다."

　첫 번째 아이템이 모습을 드러냈다.

제6장
경매

대단한 물건이 확실히 많았다.

"와우, 엄청난데?"

"그러게."

"크, 저 정도 무기에 강화까지 하면……!"

성민우는 격하게 반응했지만, 무혁은 사실 크게 관심이 없었다. 그 어떤 아이템도 현재 그가 착용하는 것보다 좋은 건 없었기 때문이다. 여인은 관심을 두라고 했지만, 현재 유저들의 수준에서 무언가를 기대할 필요는 없어 보였다. 대륙 간 길이라도 열리면 모르겠지만.

지루함이 밀려들었다.

하아, 용심이나 어서 나와라.

그렇게 몇 개의 아이템이 더 나오고.

"네, 이번 물건은 조금 특이합니다."

그 소리에 무혁이 상체를 숙였다.

"용심이라는 아이템입니다!"

드디어 나왔다.

"시작 가격은 50골드이며 한 번 호가할 때마다 5골드씩 상승합니다. 아, 벌써부터 푯말이 많이 들리네요. 2번 참가자, 55골드. 9번 참가자, 60골드. 12번 참가자 65골드, 19번 참가자 70골드입니다. 더 없습니까? 더 없으면 세 번 호가 후에 마무리를……."

무혁이 팻말을 들었다.

"7번 참가자, 75골드입니다!"

다시금 빠른 속도로 가격이 솟구쳤다.

80골드, 85골드, 90골드.

"35번 참가자, 100골드입니다. 빠른 경매의 진행을 위해 호가당 10골드로 높이겠습니다. 네, 35번 참가자 110골드. 20번 참가자 120골드……."

그럼에도 열기는 여전했다.

생각보다 오르는데?

사실 용심의 사용처는 아직 밝혀지지 않은 상태였다. 그럼에도 불구하고 벌써 150골드가 넘어서고 있다는 사실에 무혁은 조금 놀랐다.

하긴, 이름이 범상치 않으니.

용의 심장, 용심. 그것만으로도 가치는 충분했다.

과연 어디까지 오를까.

"2번 참가자, 250골드! 더 없습니까? 세 번 호가 후에 마무리를 짓겠습니다. 250골드, 250골드! 250골……."

"260골드."

무혁이 팻말을 들며 말했다.

"260골드 나왔습니다! 아, 2번 참가자 270골드!"

"280골드."

"290골드."

2번 참가자와 무혁의 싸움으로 좁혀졌다.

"7번 참가자 300골드, 2번 참가자 310골드! 7번 참가자 320골드!"

그에 2번 참가자가 고개를 돌려 무혁을 쳐다봤다. 어차피 가면을 쓴 상태라 누구인지는 구분하지 못하겠지만.

"으음."

신음과 함께 팻말을 드는 2번 참가자.

"2번 참가자, 330골드! 곧바로 7번 참가자 또 팻말을 들었습니다. 340골드입니다! 2번 참가자? 참여하시겠습니까?"

고민하는 2번 참가자.

"세 번 호가 후에 마무리하겠습니다. 340골드! 340골드! 340골드! 축하드립니다, 7번 참가자에게 낙찰되었습니다!"

하지만 아직 1개의 용심이 더 남은 상태. 무혁은 조금 더 자리를 지켰다. 잠시 후. 다시 용심이 나왔고 이번에는 가격이 500골드까지 솟구쳤다.

현금 500만 원. 아직 그 가치가 밝혀지지 않은 물건에 이 정도 돈을 사용하려는 자는 다름 아닌 2번 참가자였다. 첫 번째 용심은 놓쳤지만 두 번째 용심까지는 놓치고 싶지 않은 모양이었다.

"2번 참가자 520골드! 7번 참가자 540골드! 2번 참가자……"

어느새 600골드, 리고 700골드까지.

하, 젠장.

무혁은 속으로 짜증을 내며 2번 참가자를 쳐다봤다.

일부러 저러는 건가?

이 정도 금액은 써도 상관없으니 그냥 돈으로 짓누르겠다는 의도일지도 몰랐다. 하지만 무혁 역시 용심은 놓치고 싶지 않았다.

그래, 가보자고.

미간을 찌푸리며 다시금 팻말을 들었다.

어느새 800골드.

"7번 참가자, 820골드! 820골드입니다! 더 없습니까?"

경매사의 시선이 2번 참가자에게 향한다. 이번에는 2번 참가자도 조금 고민하는 눈치였다.

"없으면 세 번 호가 후에 마무리하겠습니다! 820골드! 820골드! 아, 2번 참가자 840골드! 7번 참가자 860골드!"

결국 1천 골드까지 가격이 올랐다.

하아.

그리고 그제야 낙찰을 받게 되었다.

"축하드립니다. 이번 용심도 7번 참가자가 차지하셨습니다!"

몸을 일으킨 무혁이 성민우를 쳐다봤다.

"후우, 끝났네. 용심 좀 받고 올게."

"오케이."

대금 지불소에서 값을 치른 후 곧바로 용심 2개를 받았다.

비공개 경매 막바지에 이르러 성민우가 아이템 한 개를 낙찰받았다.

"크, 그래도 괜찮은 거 얻었구만."

"뭐, 더 있을 필요 없지?"

"어, 이제 가자."

"그래. 군마 소환."

두 사람은 군마를 타고 칼럼 마을로 이동했다. 기다리고 있던 예린, 도란과 함께 인적이 드문 구석으로 향했고 그곳에서 용심 두 개를 꺼냈다.

"두 개 전부 산 거야?"

"그럼."

이제 설인과 붉은 오크 대전사를 제작할 차례였다.

시작해 볼까.

설렘을 안고서 설인의 신체 부위를 하나씩 꺼내어 바닥에 놓았다. 상, 하체와 머리 그리고 눈, 마지막으로 심장까지.

마정석 4개를 심장을 제외한 나머지 부위에 차례대로 얹은 후, 마지막으로 용심을 심장에 올리자 빛이 터지면서 심장으로 흡수되기 시작했다.

"민우야, 부탁할게."

"알았어."

성민우가 용심을 눌렀고.

조립 마스터 스킬을 사용하자 흡수율이 조금 올랐다.

[스킬 '조립 마스터'를 시전했습니다.]
[흡수율 3%를 달성합니다.]

기다리자 30퍼센트에 도달했고.

"이제 빨라진다."

순식간에 100퍼센트까지 차올랐다.

[몬스터 '설인(Lv.165)'이 귀속됩니다.]
[초당 10의 MP가 소모됩니다.]

메시지와 함께 설인이 움직였다.

이름 : 설인

레벨 : 165

HP : 29,550 / MP : 12,150

힘 : 213 / 민첩 : 180 / 체력 : 279

지식 : 99 / 지혜 : 105

곧바로 붉은 오크 대전사도 제작했다.

이름 : 붉은 오크 대전사
레벨 : 160
HP : 23,100 / MP : 9,700
힘 : 193 / 민첩 : 172 / 체력 : 215
지식 : 79 / 지혜 : 81

두 마리 모두 조금 더 성장시키고 싶었지만 안타깝게도 교
체할 몬스터의 뼈가 없었다.

"오랜만에 사냥이나 가자."

"사냥? 좋지! 심심했는데 잘됐다."

"도란, 너도 가자."

"예, 주군."

"조금 센 곳으로. 괜찮지?"

"코오오올!"

"나두 좋아!"

무혁이 웃으며 군마를 제외한 나머지 스켈레톤을 전부 소환
했다. 오크 대전사와 설인, 포이즌 오우거에게 어울리는 무기
와 방패를 착용시킨 후 전부 마계로 보냈다.

"이제 가자."

느긋하게 사냥터로 나아갔다.

마계 F11 구역.

기존 스켈레톤들이 새롭게 생긴 스켈레톤을 쳐다봤다.

-저 덩치보다 더 대단하다.

-덩치라니. 난 자이언트 외눈박이다.

-그래, 덩치.

-…….

-덩치보다 더 강한 기운이다.

-난 자이언트 외눈박이다.

-알겠다, 덩치. 지금 나는 큰 덩치와 이야기하는 중이다.

-난 큰 덩치가 아니다. 포이즌 오우거다.

-알았다, 큰 덩치.

붉은 오크 대전사. 설인. 그리고 포이즌 오우거. 세 마리가 더해지면서 전력이 엄청나게 상승했다.

-이 정도라면 가능할지도.

-어쩌면.

그에 포이즌 오우거가 한 걸음 주변을 훑었다.

-뭐가 가능하다는 건가.

-이기는 것.

-이긴다?

-그래.

-무엇으로부터?

마침 강한 기운이 빠르게 접근해 왔다. 최하급 마족 5명. 그들이 지척에 도착했다.

-저들로부터.

포이즌 오우거가 턱을 부딪쳤다. 마치 즐겁다는 듯.

그 순간 시작된 최하급 마족들의 공격.

-내가 이기게 해주겠다.

포이즌 오우거가 점프하더니 앞으로 나섰다.

쾅, 콰과과과광!

놈들의 공격을 홀로 막아내기 시작한 것이다.

350에 달하는 체력 스탯. 거기서 발생된 방어력 수치와 6강짜리 방패, 너클에 붙은 추가 방어력 옵션까지.

덕분에 저들의 공격을 버틸 수 있었다. 순식간에 HP 2만이 사라졌고 지금도 빠른 속도로 줄어드는 상태였지만 포이즌 오우거는 물러서지 않았다.

-큰 덩치를 도와라!

-난 포이즌 오우거다!

그 순간 앞으로 나선 아머나이트. 포이즌 오우거를 치던 마족들의 공격이 잠깐 사라진 순간. 피어를 발산하여 마족 다섯 명을 혼란에 빠뜨렸다.

-지금!

먼저 부르탄의 기파가 쏟아졌다. 그사이 아머메이지들이 마법을 퍼부었고 놈들이 피어와 기파의 영향에서 풀리려는 순간 자이언트 외눈박이가 지면을 밟았다.

쿠우우웅!

또다시 균형을 잃고 비틀거리는 마족들. 역시나 찰나였다. 이대로는 공격을 명중시킬 수 없었다.

-내가 나선다.

그 순간 설인이 손을 뻗었고.

쫘드득.

뭉쳐 있던 다섯 마족이 모두 얼어버렸다.

뒤이어 부딪히는 마법 세례.

콰과과과광!

HP가 약한 한 명은 즉사했고 네 명은 큰 대미지를 입고 급히 사방으로 퍼졌다.

"크윽, 이딴 마물에게⋯⋯!"

화가 뻗친 마족들이 다시 공격을 퍼부었지만 설인과 자이언트 외눈박이, 오크 대전사와 포이즌 오우거가 최대한 대신 맞아줘서 피해를 최소화할 수 있었다.

"크아아아아악!"

"빌어먹을, 마물 새끼들!"

덕분에 치열한 접전이 한동안 이어졌고.

-아쉽군.

-거의 다 잡았는데.

최하급 마족 세 명을 더 죽일 수 있었다.

여유롭게 경치를 감상하여 나아가던 무혁.

[소환수가 경험치를 획득합니다.]

떠오른 메시지에 미소를 지었다.

그렇지!

자이언트 외눈박이보다 더 강한 3마리의 소환수가 추가되었는데 최하급 마족 한 마리를 못 잡는다는 건 말이 안 되었다. 낮으면 150, 높아야 200인 최하급 마족이기에 지금 정도의 전력이라면 4마리까지도 사냥이 가능할 것 같았다.

남은 문제는 하나. 하급 마족이 과연 언제 나타나느냐.

레벨은 200에서 250 사이. 200레벨 초반의 하급 마족이 나타난다면 한 마리 정도야 운으로 잡을 수도 있는 일이었지만 250레벨에 가까운 하급 마족이 등장한다면 현재 소환수의 전력으로는 무슨 짓을 하더라도 절대 잡을 수 없으리라.

[소환수가 경험치를 획득합니다.]×3

생각에 잠겨 있는데 연속 세 번이나 메시지가 떠올랐다.

호오, 역시……!

서둘러 경험치를 확인했다.

[현재 획득한 소환수 경험치 : 417,500]

총 41개의 스탯을 올릴 수 있는 수준이었다.

생각보다 많아……

그래서 고민하게 되었다. 한 녀석에게 몰빵하느냐. 아니면 나눌 것이냐. 10마리에게만 나눠도 한 마리당 4개밖에 올리지 못한다. 이렇게 생각해 보면 썩 마음에 들지는 않았다. 지금까지는 균형 있게 키우기 위해 일부러 나눴지만, 포이즌 오우거를 소환하게 되면서 놈에게 자꾸만 시선이 갔다.

녀석에게 몰아준다면 어떨까? 체력에 올인을 해버린다면?

무려 41개의 스탯 전부가 방어력으로, 그리고 HP로 전환되리라. 나쁘진 않을 것 같았다. 아니, 아주 좋을 것 같았다.

잔잔한 미소가 무혁의 입가에 그려졌고.

['포이즌 오우거'가 역소환됩니다.]

['설인'이 역소환…….]

그 순간 마지막으로 남아 있던 설인까지 역소환되었다. 워프가 가능한 아벤소 마을에 도착하기 직전 동료들을 불렀다.

"잠깐만. 이제 걸어서 가자."

"응? 왜?"

"알겠습니다, 주군."

도란은 수긍했지만 성민우는 아니었다.

"왜? 계속 군마 타고 가자. 걷기 귀찮아."

"스탯 좀 주려고."

"스탯? 누구한테?"

"소환수한테."

"쩝, 그렇다면야."

그에 수긍한 성민우가 군마에서 내렸고 무혁은 그제야 스켈레톤을 불러냈다. 다시 경험치창을 열어 스탯 변환 질문에 예스를 선택했다. 포이즌 오우거에게 몰아줄 생각이었다.

[사용할 경험치를 택해주십시오.]

[소환수를 택해주십시오.]

[선택을 완료했습니다.]
[원하는 스탯을 선택해 주십시오.]

[410,000의 경험치를 사용합니다.]
[포이즌 오우거의 체력(41)이 상승합니다.]

상승하는 방어력이 41. HP는 무려 4,100. 덕분에 종합 4만이 넘는 HP를 지니게 된 포이즌 오우거였다.

"마계 이동."

소환수를 다시 마계로 보낸 후 아벤소 마을의 워프를 이용하여 다른 도시로 떠났다.

['포이즌 오우거'가 역소환됩니다.]

['설인'이 역소환됩니다.]

['자이언트 외눈박이'가…….]

그사이 소환수 전부가 역소환을 당했다.

이런……. 아무래도 최하급 마족보다 더 강한 놈이 나타난 모양이었다. 이러면 한동안은 경험치 먹을 생각은 하지 않는 게 좋았다. 아쉽지만 어쩔 수 없는 일.

무혁은 잡념을 털어낸 후 군마를 타고 남쪽으로 한참을 내려갔다.

"다 왔다."

그제야 도착한 곳. 다크나이트의 무덤이었다.

평균 레벨 185의 다크나이트. 생전에 기사였던 자들이 죽어 생을 잊지 못하고 어둠에 물든 자. 그리하여 생전보다 강인한 힘을 손에 넣음은 물론 영원한 생명까지 얻은 괴물들.

그으으으-

놈들의 입에서 뿜어지는 이해 못 할 소리에 미간을 찌푸리며 무기를 뽑았다.

"레벨 185 정도니까 조심하고."

"오케이."

"알겠습니다, 주군."

전부 각자의 소환수를 불러낸 후 자리를 잡았다.

"스켈레톤에 다람쥐에 정령이라."

"많은가?"

"많으니까 멋있잖아. 크으, 끝내준다."

"그렇긴 하지?"

"그럼."

둘의 자화자찬을 듣고 있던 예린이 박수를 쳤다.

"자, 이제 전투에 집중해 보실까요들?"

"아아, 그래야지."

마침 다크나이트 한 마리가 접근해 왔다.

그으으으!

한층 더 짙어진 울부짖음.

뭐, 얘기 안 해도 되겠지? 저 소리가 동료를 부르는 신호라는 사실을 말이다. 알고 있는 것도 이상하니까.

모르는 척, 시위에 화살을 걸었다.

풍폭, 강력한 활쏘기.

다가오는 다크나이트를 겨냥한 채 시위를 놓았다. 바람을 가르며 쏘아진 화살이 녀석의 방패를 두드렸다. 큰 폭발이 일어났음에도 다크나이트는 조금의 영향도 없이 전진했다. 속도가 빨라졌고 곧이어 스켈레톤 무리로 파고들었다.

"허얼, 저 몬스터 미친 거 아냐?"

"다크나이트야."

"아무튼. 스켈레톤한테 알아서 포위당해 줬네. 저렇게도 머리가 나쁠 수가."

"흐음."

"금방 잡겠네, 저런 수준이면."

과연 그럴까. 무혁은 차오르는 말을 애써 삼켰다.

다크나이트. 놈은 마계의 웬만한 최하급 마족보다 강하다. 생전의 기술을 그대로 사용하고 움직임 역시 몬스터와는 달리 부드럽고 유기적이기에 더욱 까다로울 수밖에 없었다. 자만심도 없으며 공포나 고통 역시 느끼지 못한다. 오직 상대를 죽이고자 하는 일념 하나만으로 움직이는 어둠에 물들어버린 기사.

그, 으으으……!

놈이 본격적으로 움직이기 시작했다.

후우웅.

휘둘러지는 검에 깃든 파괴력. 평범한 것처럼 보였지만 생전에 쓰던 스킬이 깃든 탓에 방패를 내밀고 있던 아머나이트3이 뒤로 주르륵, 밀려났다. 뒤쪽에 있던 다른 스켈레톤까지 영향을 받아 비틀거리자, 그곳으로 뛰어올라 검을 내리찍는 다크나이트.

콰아앙!

HP가 줄어 있던 아머나이트3이 재차 공격을 받으면서 역소환 되어버렸다.

"허업, 뭐, 뭐야?"

지켜보던 성민우의 입이 커졌다.

"아머나이트가 저렇게 쉽게 부서지냐, 원래?"

"아니지."

"그, 그럼……."

"그냥 저놈이 센 거야."

이후로도 다크나이트는 화려한 모습을 뽐냈다. 사방에서 뻗어오는 공격들을 몸을 비틀며 가볍게 회피했고 방패로 막아내며 그 반동을 이용해 뒤로 점프하더니 검뼈 세 마리를 순식간에 부서뜨렸다.

"미친……!"

놈의 움직임은 최상위 랭커보다도 더욱 유려했다. 감탄보다는 공격에 치중하는 무혁이었고 그 순간 놈이 몸을 틀더니 방패를 내밀었다.

카아아앙!

무혁이 날린 화살을 막아버린 것이다.

기파.

등 뒤에서 쏟아지는 부르탄의 기파. 다크나이트가 흔들린 건 찰나의 순간이었다. 재빨리 중심을 잡더니 사방에서 쏟아지는 아머나이트들의 공격을 피하기 위해 점프했다.

설인, 아이스 홀드. 허공에서 얼어버린 다크나이트.

지금!

검이 뻗어지는 와중에 얼음이 깨어지더니 휘둘러진 검의 날을 밟고 한 번 더 도약하는 다크나이트였다. 그 상태에서 검을 휘둘렀는데 강력한 풍압이 날아와 스켈레톤을 뒤흔들어버렸다. 정말 놀라운 움직임이었지만 무혁은 이미 예상하고 있었다. 사전에 명령을 내렸었고 마침 화살과 마법들이 놈에게 쏟아졌다.

쾅, 콰과과광!

방패를 내밀어 막았지만 꽤 많은 공격들이 놈을 타격했다. 물론 그 와중에도 다크나이트는 피해를 최소화했다. 방패의 각도를 기울여 공격을 막아냈고 그 반동을 이용해 자연스럽게 착지한 것이다. 덕분에 생각보다 더 빠른 속도로 지면에 떨어졌고 나머지 마법들이 허공을 스치게 되었다.

"하, 진짜 괴물이네. 나도 가야겠다!"

더 이상 구경만 할 수 없다는 듯, 조금은 흥분한 표정으로 놈에게 뛰어가는 성민우였다.

"새끼야, 붙어보자!"

정령과 함께 연계스킬을 사용했다. 이어지는 화려한 공격들, 보조해 주는 스켈레톤까지.

"흐아아압!"

다크나이트의 움직임은 마치 흐르는 물과 같았다. 파괴력이 약해 보이는 것들은 몸으로 때웠고, 꽤 강해 보이는 것만 피해 내고 있었다.

포이즌 오우거, 설인, 붉은 오크 대전사의 공격들. 그리고 무혁의 공격에 특히 신경을 쓰고 있는 모습이었다.

"이 새끼가!"

성민우의 정령의 연계 공격 역시 강한 편이었기에 다크나이트
는 최대한 피했고, 그 탓에 좀처럼 공격을 성공시킬 수 없었다.

"이거, 왜 이렇게 빨라!"

"거리 좁혀줄게!"

스켈레톤이 움직이더니 공간을 최대한 좁혔다.

"좋았으!"

그제야 다크나이트도 피하지 못하고 맞대응했다.

"누가 먼저 죽나 보자!"

쏟아지는 공격에 놈의 HP가 빠르게 줄어드는 그때.

그으으. 그으.

어디선가 다크나이트 특유의 소리가 들려왔다.

"두 마리 더 온다!"

무혁의 외침에 성민우가 뒤로 물러섰다.

"미친, 두 마리나 더?"

곧이어 녀석들이 합류하면서 상황이 조금 변했다.

['검뼈3'이 역소환됩니다.]
['검뼈7'이 역소환됩니다.]
['아머나이트11'이 역소환……]

스켈레톤들의 진형이 무너지기 시작한 것이다. 그 틈을 타
서 첫 번째 다크나이트가 조금 더 날뛰려고 했다.

더 이상은 안 되겠네.

지켜보지 못하고 직접 나서는 무혁이었다.

잠력격발.

한순간 능력치가 15퍼센트나 상승했다. 덕분에 소환수 역시 강해졌고, 어둠의 힘과 어둠의 정령 소환 스킬을 추가로 사용한 후 다크나이트를 바라보며 지면을 찼다.

풍폭, 파워대시.

몸이 급격히 움직이더니 놈의 어깨에 부딪혔다. 뒤로 밀려나는 다크나이트를 방패로 다시 한번 밀어낸 후 검을 뺐었다.

카가강!

다크나이트 역시 대응해 왔다.

기파.

대기하고 있던 부르탄이 기파를 사용했고.

풍폭, 십자베기.

찰나의 순간을 노리며 검을 휘둘렀다.

[2,419의 대미지를 입힙니다.]
[4,352의 추가 대미지를 입힙니다.]

충격을 꽤 크게 먹은 다크나이트가 기파의 영향에서 빠져나오자마자 검을 횡으로 휘둘렀다. 거기서 시작된 강한 풍압. 거대한 기파가 무혁과 스켈레톤을 덮쳐 왔다.

포이즌 오우거, 지면 깨뜨리기.

지면이 솟구치며 뻗어나가는 풍압을 아슬아슬하게 가로막

왔다. 지면을 부서뜨리며 다가오는 다크나이트와 검을 몇 번
더 주고받은 후 급히 뒤로 물러났다.

세기는 하네.

순식간에 HP가 절반으로 줄어버렸다.

풍폭, 강력한 활쏘기.

시위에 화살을 걸고 날렸다. 동시에 피어가 쏘아졌고.

-강한 일격!

-강한…….

주변에서 대기하던 아머나이트가 검을 뻗었다.

[경험치가 상승합니다.]

겨우 한 마리를 처리한 후 남은 두 마리를 상대하기 시작했다.

세 마리를 죽이는 과정에서 상당한 피해를 입었다.

"소환수가 많이 죽어서 쉬어야겠다."

"후아, 그래. 좀 쉬자."

"오빠, 진짜 힘들다. 다람쥐도 다 죽었어."

무혁의 주변에 세 사람이 앉았다. 성민우, 예린, 도란.

그들 모두 꽤나 지친 표정이었다.

"이게 185레벨 수준이구나……."

"좀 세지?"

"초반에 무시했던 게 한스러울 지경이다."

레벨은 절대 무시할 수 없다. 다크나이트는 더더욱. 하지만 잡기 어려운 만큼 놈들로부터 얻은 뼈 역시 상태가 더욱 좋으리라. 경험치도 쏠쏠하고.

무혁은 살아남은 스켈레톤을 바라보다 설인을 불렀다.

다가오는 설인. 손을 뻗어 뼈를 뽑고 그 자리에 다크나이트의 뼈를 박았다.

[설인의 민첩이 줄어듭니다.]
[손재주의 영향을 받아 0.12의 하락이 이뤄집니다.]

[설인의 힘이 상승합니다.]
[손재주의 영향을 받아 0.28의 상승이 이뤄집니다.]

2개의 뼈를 더 교체한 후 무기를 꺼내어 강화를 시도했다.

캉, 카앙!

검 하나를 6강까지 성공시키고 요리를 만들어 먹었다.

포만감은 기본이었고.

[30분간 힘(1)이 상승합니다.]
[30분간 체력(2)이 상승합니다.]

스탯까지 상승했다. 요리 레벨이 높아지면서 효과가 좋아진 덕분이었다.

"자, 이제 다시 사냥해야지."

"오케이."

스켈레톤을 재소환한 후 저 멀리 보이는 다크나이트에게로 향했다.

세 마리의 다크나이트를 처리하고 다시 휴식을 취했다.

"후, 빡세긴 한데 경험치가 진짜 끝내준다."

"레벨 차이가 상당하니까."

"솔직히 우리라서 잡는 거지, 다른 사람들은 꿈도 못 꿀걸. 여기 봐라. 유저가 한 명도 없잖아."

"그렇지."

"흐음, 그러고 보니 우리가 다크나이트 사냥 최초 아냐?"

"아마도?"

"우리 이거 사냥하는 거 찍어서 유료 동영상이나 올려볼까? 꽤 많이 볼 거 같지 않냐?"

"나쁘지 않은 생각이긴 한데……."

"오케이. 그럼 내가 찍어서 편집해서 올린다. 수입 나오면 똑같이 나누고."

"네가 편집해서 올리니까 네가 4, 나랑 예린이 3씩."

"콜. 영상 튼다."

"그래, 근데 아직 안 해준 말이 있는데."

"뭔데?"

"지금 일루전TV 틀어진 상태야. 알지?"

"아……?"

"방청자들이 먼저 올릴 수도 있어."

"아아……?"

"무료로 많이 풀릴 가능성이 높다는 것만 알아둬라."

"젠장, 그냥 안 하련다."

"뭐, 그러든가."

"하, 차라리 일루전TV나 해볼까? 그거 돈 좀 되냐?"

"뭐, 돈 때문에 하는 건 아니지만……. 상당하지."

지금도 다크나이트와 전투하는 장면에서 쿠폰이 상당히 들어왔다.

"오, 그래? 한번 틀어봐야겠다."

무혁도 쉴 겸 확인해 봤다.

채팅이 빠른 속도로 올라오고 있었다.

-크, 어서 다크나이트 잡읍시다!

-빨리요, 빨리. 현기증 난다고요!

-지금 쿠폰 안 줘서 일부러 휴식 길게 하는 거 아님? 하, 쿠폰 투척!

['기린' 님께서 쿠폰 10장을 기부하셨습니다.]

1장에 100원. 무혁에게 떨어지는 건 85원. 즉, 850원.

-저도 투척! 20개!
-전 5개……!
-전 1개만……ㅎㅎ

순식간에 쿠폰이 26장이 추가되었다.
"미친, 쿠폰 장난 아니네?"
"항상 이런 건 아니고. 지금처럼 전투가 좀 어렵거나 그럴 때?"
"그래도 대박이구만."
"괜찮지."
그 와중에도 방청자들은 닦달했고.

-어서 다크나이트랑 싸웁시다ㅠㅠ
-근데 저거 레벨 185 넘는 걸로 아는데 저걸 잡아요? 미친ㅋㅋㅋㅋ
-무혁 님이니까요. 후후.
-왜 님이 좋아함?
-팬심?
-ㅇㅋ, 인정……ㅋㅋ
-근데 다른 유저들은 저거 언제 잡을 수 있을까요?
-글쎄요. 제가 볼 때는 다크나이트 움직임이 그냥 개사기던데요? 검
으로 막고 밀치고, 마법도 갈라 버리고. 방패 각도 조종해서 피해 줄이

고…….

　-ㅋㅋㅋㅋ 진짜 리얼로 세요.

　-무혁 님도 3마리 정도 모이면 힘들어하잖아요. 솔직히 한 5마리 정도만 모여도…….

　-5마리면 사망각?

　-ㅇㅇ, 사망각임.

　-근데 5마리하고 싸우는 거 보고 싶다……ㅋㅋㅋ

　-저도요ㅋㅋㅋㅋㅋ

　-꿀잼일 듯.

　-5마리랑 붙으면 쿠폰 쏩니다ㅋㅋㅋ

　그들의 바람은 얼마 지나지 않아 이뤄졌다.

　"시바아알, 다섯 마리가 뭐냐고!"

　"저주다, 저주……! 방청자의 저주라구……!"

　놈들이 사방에서 압박해 왔다.

　그흐으……!

　스켈레톤과 정령, 다람쥐만 해도 150마리가 훌쩍 넘어가는 상황에서 다섯 마리의 다크나이트에게 압박을 당한다는 게 얼핏 이해하기 어려울지도 모른다. 하지만 지금 상대하는 무혁과 그 일행은 물론이고 일루전TV를 통해서 지켜보는 방청자 전원이 동감했다.

　-미쳤다……ㅋㅋㅋㅋㅋ

-다섯 마리한테 포위당한 거, 현실?

-현실임ㄷㄷㄷ

-와, 다크나이트 진짜 대박이다…….

-저걸 어떻게 잡아ㅋㅋㅋ

-진짜 힘들어 보임ㅠㅠ

-근데 겁나 치열해서, 솔직히 보는 입장에선 재밌다…….

-윗분, 독하시네요ㅋㅋㅋ

-어우, 진짜 5마리랑 붙네. 쿠폰 쏩니다ㅋ 농담이었는데ㅠㅠ 내 쿠폰…….

-저도 드림.

['와자' 님께서 쿠폰 10장을 기부하셨습니다.]

['아싸' 님께서 쿠폰 5장을 기부하셨습니다.]

['힘내라' 님께서…….]

-와우, 쿠폰이 터진다!

-크, 쿠폰 구경하랴. 전투 구경하랴……!

물론 그 상황을 전혀 알 리 없는 무혁과 일행들은 전투에 집중할 뿐이었다.

후우, 힘들겠는데?

이미 잠력격발을 사용한 터라 24시간 동안은 다시 쓸 수가 없었다. 일종의 마지막 필살기라고 할 수 있는 스킬도 없는 상황에서 놈들을 상대하는 건 상당히 버거웠다.

"위험하면 바로 도망치고!"

"오케이!"

"알겠어, 오빠!"

"예, 주군!"

그래도 잡을 수 있는 녀석은 잡아내고 싶었다.

아슬아슬한 재미가 있으니까.

긴장감으로 범벅이 된 상태에서 지면을 강하게 밀어냈다.

파앗.

한 마리에게 접근한 후 주변 아머나이트의 도움을 받아 놈의 HP를 조금씩 깎았다. 간간이 스켈레톤이 역소환되고 있지만 아직은 괜찮다고 여기고 있는데 갑자기 성민우가 다급히 고함을 질렀다.

"무혁아, 너무 세다!"

"못 버텨?"

"2분 정도!"

그 정도 시간은 순식간에 흘러갈 것이다.

서둘러야 하나?

일단은 한 마리라도 빨리 줄이는 게 좋을 것 같았다.

풍폭, 파워대시.

곧바로 스킬을 사용해 눈앞에 있는 놈을 흔들고자 했다. 갑작스러운 타이밍에 들어간 공격이었음에도 불구하고 다크나이트가 반응을 해왔다.

콰앙!

무혁의 공격을 방패로 막아버린 것이다.

이런……!

직후 휘둘러진 검이 무혁의 갑옷을 가격했다.

[1,029의 대미지를 입습니다.]

충격에 뒤로 밀려나는 사이 다크나이트가 주변 스켈레톤을 부서뜨렸다. 급히 균형을 찾은 무혁이 화살을 날린 후 윈드 스텝을 사용해 놈에게 접근했다. 그러자 다크나이트가 검으로 화살을 가볍게 치더니 마주 돌진해 왔다.

순식간에 좁혀지는 거리.

흡……!

급히 검을 내리그었다.

다크나이트가 몸을 교묘하게 비틀며 피해냈고 옆으로 돌아와 무혁을 방패로 밀어버렸다. 비틀거리는 무혁에게 내리꽂히는 푸른빛의 검날. 아마도 스킬을 사용한 모양이었다.

위험해.

가격당하면 HP 2, 3천은 족히 깎여 나갈 것 같았다.

공포 자극!

근처를 배회하며 다크나이트를 타격하던 어둠의 정령이 놈에게 흡수되었고, 움찔하고 흡수되는 동안 아주 조금의 시간을 벌 수 있었다.

충분해.

균형을 잡고 서둘러 방패를 내밀었다.

콰아앙!

연이어 들어오는 공격.

흐읍……!

충격은 있었지만 버틸 가치가 있었다. 사방에서 아머나이트들이 검을 꽂고, 날아온 뼈 화살이 놈에게 충분한 대미지를 입혔기 때문이다. 무혁이 놈을 상대할수록 녀석의 HP는 착실하게 빠져나가고 있었던 것이다.

그럼에도 불구하고 마음이 조급했다. 상당히 대미지를 입혔다고 생각했는데 아직도 죽지 않고 있었으니까.

"크으윽……!"

게다가 저 멀리 성민우는 연신 밀리는 상태였다.

"이제 그만 좀 죽어라!"

맞을 것을 각오하고 휘두른 검격.

풍폭, 십자베기!

다행히 놈의 갑옷에 제대로 적중했다.

그으으…….

그제야 힘을 잃고 쓰러지는 첫 번째 다크나이트였다.

"후아……."

호흡을 뱉으며 죽어버린 사체를 잠시 쳐다봤다.

아깝지만 별수 없지.

사체분해 스킬을 사용하고 싶었지만 그럴 여유가 없었다.

서둘러 성민우가 맡고 있는 다크나이트에게 달려갔다.

윈드 스텝, 풍폭!

성민우와 협공하여 한 마리의 다크나이트를 더 죽였을 땐, 절반 이상의 소환수가 죽어버린 상태였다. 정령과 다람쥐 역시 상당한 대미지를 입었다. 그러나 이대로 물러나고 싶지는 않았다.

"한 마리만 더!"

한 마리를 더 죽이기 위해 또다시 스켈레톤을 희생시켰다.

20마리 정도 남았나?

다람쥐는 세 마리. 정령은 겨우 한 마리였다. 재소환 시간은 아직도 10분이 조금 넘게 남은 상태.

"어떡해? 후퇴해?"

"어쩔까?"

남은 두 마리는 아직도 쌩쌩한 상태였다.

"한 마리, 더 되려나?"

"일단 해보자고."

최대한 잡아보려고 해봤지만 더 이상은 무리였다. 결국 남은 두 마리 다크나이트를 버려둔 채 후퇴를 선택했다.

"군마 소환."

네 사람 전부 군마를 타고 냅다 달아나기 시작했다.

같은 시각. 알테온 백작은 무심한 표정으로 서류를 훑어보고 있었다. 다만 눈동자에 깃든 불안과 초조함까지는 숨기지 못했다. 아뮤르 공작이 보낸 누군가가 자신을 지켜보고 있음이 분명했지만 알고 있다는 사실을 드러내어선 안 된다.

절대로, 절대······.

등에서 흐르는 식은땀을 무시한 채 다시 서류에 눈을 뒀다.

그래, 당장은 괜찮아. 그러니 침착해야만 했다. 살아남기 위해서라도.

황제는 분명히 조용히 처리하기를 원할 터. 문제는 그 조용하다는 것이 정확하게 무엇인지 알 수 없다는 사실이었다. 가벼운 처벌로 그냥 묻어둘 것인지. 아니면 쥐도 새도 모르게 죽여 버릴 것인지. 알테온 백작은 죽음에 무게를 뒀다. 무려 명예를 훼손한 죄이기에.

귀족에게 명예란 무엇보다도 중요한 것.

후, 무조건 살아야 돼.

그렇기에 최후의 수단을 선택했다.

여기서 벗어나기만 하면······!

그 일이 성사된다면 이곳에서의 삶보다 어쩌면 더 호화로울지도 몰랐다. 그런 잡념으로 인해 서류의 내용은 머리에 조금도 들어오지 않았다. 물론 볼 필요도 없었지만.

"저기, 백작님?"

"음?"

"괜찮으십니까?"

"아아, 괜찮아."

같은 방에서 업무를 보던 집사였다.

"그런데 계속 제가 여기에 있어도 되겠습니까?"

"괜찮아. 있어."

한 사람이라도 있어야 안심이 되었으니까.

"식사는?"

"지금 준비 중일 겁니다."

"후우, 그래."

1초가 1분 같은. 아니, 1시간보다 더욱 길게 느껴지는 지옥의 늪을 지나고.

똑똑.

드디어 노크와 함께 시녀가 들어왔다.

"백작님, 오늘도 음식상을 차려 왔습니다."

"들여보내라."

시녀들이 각종 산해진미로 도배된 큰 상을 들고 집무실 내부로 들어섰다.

"고생했다."

"그럼 조금 후에 치우러 오겠습니다."

"그렇게 하도록."

시녀들이 나가고서야 식탁으로 향하는 알테온 백작.

제발, 제발……!

그는 속으로 간절하게 바라며 식탁 앞에 앉았다. 차려진 음식들의 배열을 먼저 확인했다. 생선이 뒤쪽. 저 말은 일이 순조

롭게 진행되고 있다는 소리였다. 스프가 오른쪽, 그 안에 든 고기가 여섯 조각. 오른쪽에 놓였다는 건 확답을 뜻하고 고기 조각은 시간을 가리킨다. 즉, 6시간 뒤에 확실한 답을 해주겠다는 소리였다.

6시간, 6시간이라……

그 긴 시간을 극한의 긴장 속에서 보내야만 한다.

미치겠군.

하지만 충분히 견딜 수 있다. 지금까지도 버텼으니까.

6시간만 있으면 모든 게 확정된다. 견디고 인내하자.

"후우."

아주 천천히 음식을 먹은 후 상을 치웠다.

그래도 5시간이 넘게 남았다. 책상 앞에 앉아 서류에 눈을 둔 채로 무수한 잡념을 떠올렸다. 흐르지 않는 시간을 억지로라도 흘려보내기 위해서.

같은 시각, 아뮤르 공작을 찾은 사내가 한쪽 무릎을 꿇었다.

"여전한가?"

"예, 집무실에서만 조용히 지내고 있습니다."

"흐음, 이상하군. 이상해."

알테온 백작은 야망이 큰 자였고 또 그만큼 준비성도 철저했다. 사소한 일을 할 때에도 최악의 경우까지 상정하여 대비를 한 후 실행하는 것으로 유명했다.

지금의 상황도 마찬가지였다. 살아남기 위한 방법을 이미 사전에 확보해 뒀으리라. 분명히.

그렇기에 기다리는 중이었다. 그가 과연 어떤 선택을 하게 될지, 처벌에 대하여 어떻게 반응할지.

"그런데 움직이지 않고 있다 이거지. 내가 주시하고 있는 걸 눈치챘을 가능성은?"

"10퍼센트 미만입니다."

10퍼센트. 낮은 확률이지만 아니라고 장담할 수도 없는 수치였다.

"일어나서 잠들 때까지 뭘 하는지 다 보고해 봐."

"예, 알테온 백작은 집무실 구석 침대에서 잠을 청합니다. 일어나서는 씻고 그곳에서 아침을 먹은 후 업무를 봅니다. 그러다 점심을 먹고 다시 업무를 보다가 저녁을 먹고 또 업무를 본 후 침대에 누워 잠을 청합니다. 5분 정도 뒤 확인을 해보면 확실히 잠이 든 상태였습니다."

"그게 끝이라 이거지?"

"예."

"지금까지, 매일. 그렇게 지낸다?"

"그렇습니다."

아뮤르 공작이 미간을 좁혔다.

들켰군.

알테온 백작이 그렇게 하루를 보낼 이유가 없다.

지켜보고 있다는 걸 안 거야.

그러니 그렇게 죽은 듯 지내는 것이리라. 처분이 두렵기 때문에. 어떤 처분이 내려질 것인지 알 수 없기 때문에.

"그래도 처벌의 수위는 모르고 있군."

"그 말씀은……."

"감시하는 건 들켰을 거야."

"하지만 전……."

"알아, 자네 잘못이 아니니 걱정하지 말게."

"예, 공작님."

"후후, 그래도 알테온 백작 자신의 선택에 따라 처벌의 수위 역시 달라진다는 건 짐작하지 못하고 있는 모양이군. 좋지 않은 선택하게 되면 목숨이 날아갈 수도 있음인데……."

"……."

"표정을 보아하니 뭔가 말하고 싶은 모양이군."

"아, 아닙니다."

"괜찮네. 말해보게."

사내가 고민하다가 입을 열었다.

"차라리 몰래……."

"그를 죽이자는 말인가?"

"예."

"성내에서 그가 죽었다는 사실만으로도 헤밀 제국의 명예가 실추될 것이네. 황제께서 최대한 비밀스럽게 일을 추진하라 명을 내리셨는데 그조차 지키지 못하게 되는 거지."

"예……?"

"일단 이 일은 나만 알고 있는 사안일세. 그러니 알테온 백작이 죽게 되면 다른 귀족들은 그 이유를 알 수가 없어 불안에 떨 것이네. 괴소문이 흐르겠지. 누군가 헤밀 제국의 귀족을 죽이고 있다고 말이야. 그럼 어떻게 될까? 상상이 되나?"

"……."

"단지 그를 성내에서 죽였다는 사실만으로도 예측하기 어려운 일들이 벌어질 수도 있다는 이야기일세. 내 말 무슨 소리인지 알겠나?"

"네, 미처 생각하지 못했습니다."

"괜찮아. 아무튼 그래서 기다리는 거야. 그가 죄를 뉘우친다면 알아서 날 찾아올 것이고. 그게 아니라 도망치려고 한다면……."

성내가 아닌 성 밖에서, 그를 죽이리라. 몬스터에게 죽은 것으로 처리하면 그만이니까.

하지만 움직이지 않고 있다. 처분을 내려야 하는 입장이라 조금 더 그를 지켜볼 수밖에 없는 상황인 것이다.

"자, 이제 다시 감시하러 가게나."

"알겠습니다."

사내가 사라지고 홀로 남은 아뮤르 공작이 턱을 괴었다.

놓친 건 없겠지?

절대로 그런 부분은 없을 것이다. 철저하게 감시했으니까.

그런데 가슴 한구석이 자꾸만 찜찜했다.

"후우."

감정을 털어내기 위해 고개를 저었다.

괜찮아.

허튼짓을 하려는 순간이 오면 반드시 포착해 낼 수 있으리라. 그렇게 믿었고. 그러는 동안에도 시간은 흘렀다.

5시간이 지났다. 저녁 식사 시간이 되는 순간 알테온 백작의 눈동자가 빛을 발산했다.

드디어, 드디어……!

마침 음식이 놓인 상이 들어왔고.

"크흠."

서둘러 식탁 앞에 앉았다. 빠르게 음식을 훑었다. 잘 익은 크랩 요리가 왼쪽에 두 접시. 크랩은 문을, 접시는 10분을 뜻한다. 즉, 성외로 20분 후에 나오라는 이야기였다.

드디어……!

알테온 백작의 어깨에 힘이 들어갔다.

아, 안 돼.

최대한 평정심을 가장해야만 했다.

지켜보고 있을 거야.

애써 몸에서 힘을 빼자 전신에 들어가 있던 긴장감이 스르르 풀렸다. 다만 심장은 여전히 빠르게 고동치고 있었다. 그 사실을 최대한 겉으로 드러내지 않은 채 밥을 전부 먹은 후 조금은 권태로운 표정을 연기하며 입을 열었다.

"후, 요즘 너무 안에만 있었더니 답답하구나."

"채비를 할까요?"

"그렇게 해라. 오랜만에 바람이라도 좀 쐬어야겠다."

"성외로 나가시는 건지……?"

"그래."

"알겠습니다, 백작님."

집사가 집무실을 빠져나가는 순간, 알테온 백작을 숨어서 지켜보던 두 명의 사내가 서로에게 신호를 보냈다. 그러자 한 명의 사내가 사라졌고 빠르게 아뮤르 공작을 찾아갔다.

"공작님, 보고드릴 게 있습니다."

"말해라."

"알테온 백작이 바람을 쐬러 나간다고 합니다."

"성외로?"

"예, 성외라고 들었습니다."

"확실한가?"

"그렇습니다."

"다른 징조는? 연락을 받는다던가."

"발견하지 못했습니다."

사내의 대답에 아뮤르 공작이 미간을 좁혔다.

흐음, 곤란하군.

움직이지 않고 집무실에만 박혀서 지낸 것이 수일. 갑자기 성내도 아니고 성외로 나간다는 게 영 꺼림칙했다.

지켜봐야 하나……?

만약 감시하는 자들의 시선을 피해 누군가와 연락을 주고받은 것이라면? 결국 잔인한 결정을 내려야만 하는가.

"공작님, 어떻게 할까요?"

사내의 질문에 아뮤르 공작이 마음을 굳혔다.

"혹시라도 인파가 많은 곳에서 누군가와 접선을 하는 것 같다면 보는 눈이 많으니 일단은 제압해서 데려오도록. 인적이 드문 곳으로 향한다면…… 즉시 처분하도록 해라."

"알겠습니다."

대답과 함께 사내가 모습을 감췄고.

"후우."

아뮤르 공작은 몸을 깊게 묻은 채 눈을 감았다.

한편, 성외로 나선 알테온 백작은 정말 바람이라도 쐬려는 듯 느긋하게 번화가를 거닐었다. 아뮤르 공작이 보낸 감시자 두 명은 서로를 바라보며 고개를 끄덕였다.

괜찮아, 아직은.

그러다 누군가와 부딪힌 모양이었는데 순간 사내 둘의 눈이 반짝였다.

뭔가가 있다?

어떤 특별한 행동이라도 할까 싶어서 집중력을 끌어올린 채 알테온 백작의 행동 하나하나를 전부 주시했으나 크게 이상한 점은 보이지 않았다. 착각이었나 싶었지만 두 사내의 직감은 들어맞았다. 알테온 백작의 손에 무언가가 쥐어져 있었던 것이다. 어깨를 살짝 부딪치고 간 자가 건넨 작은 물건. 그것이 의미하는 바는 간단했다. 감시자의 처리.

물론 감시자는 그 사실을 몰랐고.

"……!"

그 탓에 등 뒤에서 느껴지는 갑작스러운 기척에도 제대로 반응하지 못했다.

서걱.

순식간에 검날이 목을 파고들었다.

"끄, 끄륵……."

감시자 둘이 허무하게 죽은 직후, 알테온 백작이 누군가와 다시 한번 부딪혔다. 이번에는 접힌 종이가 손에 들어왔다.

[처리 완료.]

순간 그의 눈동자에 희열이 떠올랐다.

됐다, 됐어……!

목숨을 건지기 위한 최후의 보루.

이제 실행에 옮길 때였다.

"잠깐 들를 곳이 있으니 먼저 성으로 복귀하도록."

"예? 혼자 괜찮으시겠습니까?"

"괜찮다."

"그래도 수행기사 정도는……."

"괜찮대도 그러느냐."

백작의 강건한 말에 집사가 고개를 숙였다.

"아, 알겠습니다."

"그럼 가보마."

홀로 속도를 높이기 시작하는 알테온 백작. 도착한 곳은 인적이 드문 숲이었고, 그곳에서 낯선 중년인과 마주했다.

"왔나?"

"그래."

"목숨을 살려줬으니 약속을 이행할 차례다."

"물론이야. 그전에 한 가지."

"뭔가?"

"나도 데려간다는 건, 확실한 거겠지?"

"확실하다."

"거기서 날 최고로 대우해 주겠다는 것도?"

"물론."

"계약서는?"

"도착하면 작성하도록 하지."

"아니, 지금. 여기서."

중년인이 미간을 찌푸렸다.

"후우, 좋아. 하자고."

계약의 내용은 간단했다. 알테온 백작, 본인의 안위를 보장해 줄 것. 최고의 대우를 해줄 것. 절대 목숨이 위태롭지 않도록 해줄 것.

지키지 않을 경우에는 죽게 되리라라는 사실도 첨부했다.

"좋아, 이제 가자고."

알테온 백작은 품에 있는 물건을 만지작거렸다. 워프 봉인

해제 주문서. 운 좋게 발견한 한 장의 주문서를 이렇게 사용하게 될 줄이야.

[워프 봉인 해제 주문서]

고대에 만들어진 워프 게이트는 현재 봉인되어 있는 상태다. 그 봉인을 해제하기 위해선 봉인 해제 주문서가 필수적이며 해당 주문서는 일정한 행동을 하게 될 경우 완전 귀속이 된다.(귀속 상태)

게다가 귀속이라 뺏을 수도 없다.

계약서도 작성했으니…….

이곳을 떠나기만 하면 모든 것이 완벽해지리라.

"서두르자고."

"그러지."

지금은 최대한 빨리 움직여야 할 때였다. 이미 감시자가 사라졌다는 사실을 아뮤르 공작이 알아차렸을 테니까.

아뮤르 공작이 감고 있던 눈을 떴다.

보고가 없군.

일정 시간이 지날 때마다 보고를 올리기로 되어 있었는데 소식이 없다는 것은 무언가 봉변을 당했다는 소리였다.

"라크."

안개가 피어오르더니 인간의 형상을 이뤘다.

비밀 수호대장, 라크였다.

"부르셨습니까."

"일이 생긴 모양이다. 알테온 백작을 찾아서 죽여라."

"알겠습니다."

다시금 안개가 되어 사라지는 라크. 그의 실력은 확실하다. 그렇기에 믿을 수 있지만 시간이 문제였다.

늦은 건 아니겠지?

상황을 보니 아무래도 망명을 택한 모양이다.

어디로 갈 생각이지? 위브라 제국?

도대체 왜 그런 선택을 한 것인지 이해할 수가 없었다. 손해는 보겠지만 위브라 제국의 귀족들과 협상을 한다면 충분히 그의 목숨 줄을 다시 손에 넣을 수 있기 때문이다. 알테온 백작이 그 사실을 과연 모를까? 그래서 더 혼란스러웠다.

궁금하군, 자네의 선택이.

그렇게 시간은 흘러갔고.

"공작님!"

"무슨 일이지?"

"그, 그게……!"

예상도 못 했던 일이 포르마 대륙을 뒤흔들었다.

해가 떨어지면서 다크나이트 사냥이 조금 더 힘들어졌다.

그래도 3, 4마리까지는 사냥하는 게 가능했기에 최대한 조심하면서 앞으로 나아갔다.

"저기 2마리 보인다."

"오케이."

화살을 날려 한 마리를 유인하고.

그으으……!

남은 한 마리가 뒤늦게 달려온다.

"아머나이트 붙여줄 테니까 한 마리만 맡아줘."

성민우와 정령, 그리고 10마리의 아머나이트가 뒤늦게 온 녀석을 상대할 때, 무혁과 예린, 도란. 그리고 나머지 소환수는 먼저 도착한 녀석을 포위했다.

가장 앞에서 무혁이 활약하면서 놈의 시선을 사로잡는 동안, 주변에 위치한 소환수가 공격을 퍼붓는 방식이었다.

"흐아아아압!"

덕분에 고생이 많은 건 성민우였다.

"멀었냐!"

"조금만 더!"

"으으……!"

한 마리를 처리하고 곧바로 성민우를 도왔다.

"후아. 이제 좀 쉰다, 나는."

"고생했어."

"경험치를 위해서라면 이 정도야, 뭐."

성민우가 쉬는 동안 남은 다크나이트를 마무리를 지었는데,

그 사이 어둠이 조금 더 짙게 내려앉았다.

"후, 안 그래도 어두운데 다크나이트도 검은색이라 움직임 캐치하는 게 어려워."

"그럼 오늘은 여기까지만 할까?"

무혁의 말에 옆에 있던 예린도 격하게 고개를 끄덕였다.

"응, 응. 쉬자!"

"그래."

"헤헤, 다행이다. 솔직히 힘들었거든."

"좀 세기는 하지?"

"오빠."

"응?"

"조금이 아니었어."

"그, 그런가?"

무혁이 더듬거리자 예린이 앞으로 다가왔다.

"그럼, 정말 엄청나게 강했다구."

"그렇고말고."

성민우가 맞장구를 쳤고, 예린이 얼굴을 쓰윽 들이밀었다.

"물론 경험치야 나쁘지 않……."

예린이 타박 아닌 타박을 이어가려는 순간이었다.

[숨겨진 워프 게이트의 봉인이 해제되었습니다.]

[대륙으로 향하는 길이 열립니다.]

[메인 에피소드2, '각 대륙에 숨겨진 힘'이 오픈됩니다.]

갑작스레 떠오른 홀로그램에 예린은 입을 다물었고 무혁은
충격에 굳어버렸다.

조용하던 공간에 갑작스레 큰 소리가 들려왔다. 화면을 주
시하던 운영자 한 명이 너무 놀라 몸이 뒤로 기울면서 의자와
함께 넘어진 탓이었다.

"뭐야?"

"으, 으으. 아파라……"

"뭐냐고!"

넘어진 사내가 일어나며 조심스레 입을 열었다.

"서, 선배. 아무래도 에피소드가 열린 것 같은데요."

"에피소드? 갑자기 무슨 에피소드?"

선배라 불린 사내가 고개를 갸웃거렸다.

"메인 에피소드요."

"어……?"

갑자기 메인 에피소드라니.

"하, 너 꿈꿨냐? 징조도 없었는데 메인은 무슨 메인이야?"

"지, 진짜라구요!"

"진짜는 무슨. 죽으려고! 새끼가 장난도 정도가 있지."

"직접 보면 되잖아요!"

"어우, 아니기만 해봐라. 확!"

선배라 불린 사내가 화면을 쳐다봤다.

[숨겨진 워프 게이트의 봉인이 해제되었습니다.]

[대륙으로 향하는 길이 열립니다.]

[메인 에피소드2, '각 대륙에 숨겨진 힘'이 오픈됩니다.]

"어……?"

다급히 자리에 앉아 격한 감정을 억누르며 키보드를 두드렸다. 그리고 드러난 진실.

"알테온 백작이 봉인을 해제했다고?"

도대체 왜?

"왜에에에에에에!"

"그, 그게……."

"뭐야? 알고 있어? 알고 있는 거냐고!"

"조, 조금요."

"뭔데!"

"아시잖아요. 랭커 무혁이 파라독스 길드 해체시킨 거요."

"그게 뭐!"

"아뮤르 공작이 지시한 거라고 하더라고요."

"어……?"

"그러니까 알테온 백작이 파라독스 길드랑 이러쿵저러쿵 좋지 않은 일로 엮여 있는 걸 알게 된 헤밀 제국에서 파라독스 길드를 해체시켜 버린 거라고요."

"그랬던 거였어?"

"하아, 관심 좀 가지시라니까요."

"유저를 일일이 어떻게 다 관찰해! 아무튼, 그래서?"

"그래서는 무슨 그래서예요. 마침 알테온 백작한테 봉인 해제 주문서가 있었고. 하필 귀속된 상태였고. 확실하게 목숨 챙기려고 다른 대륙으로 도피하려고 사용한 거죠, 뭐."

"빌어먹을, 그랬던 거구만."

"네."

"하아, 큰일이네, 큰일이야."

"그렇게 심각해요, 이게?"

"그래. 심각하다, 인마. 메인 에피소드가2가 벌써 열렸는데 안 심각하겠냐?"

"결국 열려야 하는 거잖아요."

"그렇지. 근데 문제는 예상보다 너무 빨리 열렸다는 거야. 이거 잘못하면 밸런스 붕괴 일어난다고!"

"그, 그런가요? 그래도 한 유저가 강해지면 인공 지능이 알아서 조율해 주잖아요."

"그 조율에 시간이 걸리니까 그렇지! 만약 일부 유저가 숨겨진 힘을 얻어서 엄청나게 강해졌는데 조율되기도 전에 뭔 일이라도 벌인다고 생각을 해봐라. 어후……!"

상상도 하기 싫은 상황들이 머리를 스치고 지나갔다.

"젠장, 아무튼 위에 보고부터 해!"

"예……!"

결국 결정은 위에서 내리는 것.

빌어먹을.

하지만 이미 어떤 지시가 떨어질지 직감하고 있기에 짜증이 날 뿐이었다.

"또 야근각이구만."

그렇다. 야근이 눈앞에 아른거리고 있었다.

to be continued